U0005072

THE GREAT GATSBY

大亨小傳

F. Scott Fitzgerald

史考特・費茲傑羅 著　　　王聖棻 譯

好讀出版

導讀推薦

逆流而上

教育部國家講座計畫主持人
陽明交通大學外文系終身講座教授
馮品佳

以《大亨小傳》著稱的美國作家費茲傑羅，在他與妻子合葬的墓碑前鑲嵌著一塊石板，上面銘刻著這部小說的結語：「因此我們乘著船逆流而上，拚了命地往前划，卻只是不斷地被沖回來，回到過去」（頁二一六）。對於《大亨小傳》的主角蓋茲比而言，這段結語的確再恰當不過，出身寒微的他儘管以自己的聰明才智配合外在時機而成巨富，但似乎仍無法抵擋命運潮流的沖刷，在人生最高點時被過去的陰影席捲、乃至滅頂，在殘酷的時間洪流中彷彿不留下一點痕跡。當然，弔詭的是蓋茲比也正是因爲這樣悲劇性的結局而深植人心，成爲典型的美國悲劇人物之一，也使得敘述他那有如煙火般燦爛卻生命短暫的小說《大亨小傳》成爲傳世之作。

這部小說要說的故事相當簡單，基本的元素就是金錢、愛情與背叛。蓋茲比奇蹟式的崛起與令人動容的癡情，諸多配角的愚腐與自私，再加上婚外情與誤殺的情節，構成有如現今肥皀劇般的悲劇故事。而讓這部小說能夠名列經典的主要原因，則是小說中濃厚的象徵寓意——直指美國資本主義社會的腐敗，也幾乎顛覆了美國立國的神話基礎。

透過第一人稱的敘事者尼克・卡拉威，我們見證了一九二〇年代美國東岸上流社會的豪奢。來自中西部農業區的尼克雖然出生世家，又是長春藤名校的高材生，但在爵士時期（Jazz Age）的紐約社會仍然有如鄉巴佬。尼克在第三章描述蓋茲比的豪宅派對如酒池肉林的景況，最能表達出物質滿溢卻又精神匱乏的強烈對比。他還提及，派對中特製的黃銅酒架上美酒無數，但是大多數女賓客「都太年輕，認不得這些酒的名字」（頁四八），這是對當時美國禁酒法令的時代指涉，也使讀者認知到，小說中諸多狂飲酗酒的場景其實是對美國清教徒精神的暗中諷刺。更重要的是，我們看到號稱民主立國的美國社會，其實存在著難以逾越的階級觀念。許多不請自來、參加蓋茲比派對的賓客一面享受著奢華的服務，卻一面鄙視蓋茲比的新貴身分。因此尼克也不免要對這些美國「貴族」嘲諷一番：「大家從頭到尾維持著某種尊貴風範，心裡認定這個派對只不過是為了展現一種土財主式的高尚，彷彿東蛋的人降貴紆尊來到西蛋，同時還得很謹慎，別讓快樂的情緒流露出來，免得失了身分」（頁五三）。

此處除了諷刺階級意識，費茲傑羅也苦心經營象徵意象——西蛋與東蛋這兩個詭異的地理名稱，代表了孕育新、舊財富勢力的兩個地域。最奇特的是連結東西兩方的竟然是個充斥工業廢棄物的垃圾谷。在巨大眼睛廣告監視下的垃圾場，「垃圾像小麥一樣生長，逐漸變成山脊和丘陵以及風貌特殊的花園，還會化為房屋和煙囪的模樣飄送裊裊輕煙，最後，經過一番努力不懈，連人的形態都出現了……」（頁二九）。此處字字句句充滿了變形神話的意象，暗示著不論東蛋或西蛋、甚至整個美國都依靠著這片垃圾荒原而成形，也可能終究回到一片荒原。果然，小說中的致命場景與殺戮力量都來自於此，代表著費茲傑羅所預見的末世景象。

除了東西蛋與垃圾谷，《大亨小傳》最著名的文學意象是第一章結尾時，蓋茲比遙遙相望隔岸黛西家碼頭的那盞綠燈，這代表蓋茲比所「期待的美好未來」（頁二一六）。黛西這個名字在美國文學中有特殊的象徵意義，代表美國大地充滿生命力的女性原型，因此詹姆士（Henry James）曾以黛西為名，書寫過一篇著名的中篇小說〈黛西・密勒〉（Daisy Miller）。然而《大亨小傳》中的黛西卻是個迷失於金錢世界、變成「聲音裡全是錢」的黃金女孩（頁一四三），早已失去了與土地相連的純真力量，也當然不再具有蓋茲比投射在她身上的光明希望，美國立國神話的美國夢至此完全幻滅，而蓋茲比的暴力死亡以及寂寞喪禮也有如為這個國家神話做出獻祭犧牲。

當然，蓋茲比的死亡並非毫無意義，他對黛西的愛情雖然植基於幻想，卻也是催促他不斷奮鬥的動力。因此當尼克思考著蓋茲比與夢想的拉扯關係時，最後仍說出了充滿希望的一句：「過去它和我們擦身而過，但是那無所謂，明天我們將跑得更快，把手臂伸得更遠……直到那個美好早晨來臨……」（頁二一六）。此句話語看向未來而充滿希望，與小說結尾那深陷過去的感傷，在時間軸線上營造出極大的張力，也讓小說在男主角蓋茲比悲劇性死亡與敘事者尼克喜劇性的認知之間結束，以模稜兩可的開放結局，不斷召喚著後世讀者省思逆流而上的意義。

那就戴上金帽子吧，如果能讓她心動；
若是你能跳得高，也為了她奮力一躍吧，
直到她失聲驚呼：情人啊，那頭戴金帽、跳得好高的情人啊，
我一定要得到你！

——湯瑪斯·帕克·迪維里埃斯①

第一章

在我還少不更事的時候，父親曾送給我一句忠告，直到現在，我仍不斷在心中反覆思索。

「當你想批評別人的時候，要記住，這個世界上並不是所有人都具備你所擁有的條件。」

他沒再多說什麼，不過我們之間的溝通總是默契絕佳，我很清楚他想表達的東西遠超過字面上的意義。因爲這句話，使我在判斷所有人事物時都傾向保留，這個習慣讓我認識了許多奇人異士，但也招惹到不少討人厭的傢伙。他們心理雖然不正常，反應卻很敏銳，碰到正常人身上有這種特質立刻就黏上來，這讓我在大學時期被指爲政客一名，因爲我很清楚那些怪人的祕密傷心事。大多數祕密都沒什麼意思，因爲年輕人吐露的私密或者他們用來表達的詞彙都是抄來抄去，而且顯然隱瞞了部分事實，所以只要感覺某人的心事又呼之欲出，我就趕快裝睡，發呆，或是假裝不在乎以惹對方生氣。不妄加評斷他人，是一種無止盡的自我期許。我仍然有點擔心如果忘了那句忠告會錯失些什麼，雖然我父親這麼說顯得有些自以爲是，而我也自以爲是地重複著他的話，但我們想說的是——基本的道德感是每個人生來就注定了的。

好了，這樣吹噓著自己的寬容大度，我得承認自己的容忍也是有限度的。人的外在行爲可能建立在堅實的岩石上，也可能建立在濕軟的沼澤裡，一旦包容到某種程度之後，我已經不在乎它們建立在哪了。去年秋天從東岸回來時，我衷心希望這個世界能紀律嚴明，永遠向道德大旗立正致敬。那些自動送上門、混亂又片段的人心之旅我再也不要了。但唯有蓋茲比，也就是本書的主人翁不在此限，儘管他所象徵的一切如此令我由衷輕蔑。如果人的個性是由一連串的成功姿態組成，那麼蓋茲比的確有他神奇之處，他能夠敏銳感應到未來的人生發展，就像一部能記錄萬里之外地震的複雜機器。這種靈敏反應的能力，和那種被所謂「藝術氣息」美化的纖細感受力完全沒關係，而是一種與生俱來、極爲少見的樂觀，一種浪漫的積極。我從來沒有在任何人身上發現過這種特質，看來也不太可能再找到這樣的人。不，蓋茲比臨終時是安詳平和的，令我在意的是困擾著蓋茲比的事，是他幻夢乍醒時飄來的那些個骯髒塵埃，這讓我暫時無暇顧及人世間虛無的憂傷和短暫的歡樂。

我們卡拉威家三代都住在中西部一個城市，生活富裕，聲名卓著，算得上是望族。家族中代代相傳我們是蘇格蘭伯克魯公爵的後裔，但實際上創下這片家業的是我祖父的哥哥，他在一八五一年來到這裡，弄了個替死鬼去替他打美國內戰，接著開了家五金批發店，並由我父親經營至今。

我從來沒看過這位伯公，但我猜想我們長得很像，尤其是跟懸掛在父親辦公室、一幅表情相當嚴峻的畫像比對之後。一九一五年我從紐哈芬的耶魯大學畢業，距離我父親畢業剛好二十五年。不久之後我參加了那場遲來的日耳曼大遷移，也就是大家通稱的第一次世界大戰。把敵人打得落荒而逃還滿有趣的，結果戰爭結束回到家反而平靜不下來。原本，中西部家鄉該是溫暖的世界中心，現在卻像破落的宇宙邊緣。因此我決定前往東岸學學債劵業。我認識的每個人都走這一行，所以我猜多我這個單身漢應該無妨。所有的叔叔舅舅嬸嬸姑姑爲此討論了老半天，好像在幫我選哪一家幼稚園最好，最後終於說「爲什麼……好……好吧」，人人臉上的表情既認眞又遲疑。父親答應資助我一年的生活費用，後來又有些大小雜事拖延了點時間，最後終於在一九一二年春天來到東岸。不會再回去了吧，我這樣想。

在市區找房子安定下來是很實際的想法，但是那時氣候宜人，而且我才剛離開有著廣大庭院和美麗樹林的故鄉，因此當辦公室裡有個年輕人提議一起在通勤便利的郊區租房子時，這主意聽起來眞是太棒了。房子是找到了，一間受盡風吹雨打、紙糊似的平房，一個月只要八十元租金，可是公司又臨時把我同事調到華盛頓，結果我只好自己住到郊區去。我有一隻狗（至少是養了好幾天牠才跑掉）、一部老舊的道奇車，和一個芬蘭籍的女傭人；她會幫我鋪床，煮早餐，還會在電爐前喃喃自語，咕噥著芬蘭的生活智慧。

一剛開始我有點孤單，直到有天早上某個比我晚來這兒幾天的人在路上攔住我。

「西蛋村要怎麼去呢？」他一臉徬徨。

我給他指了路。當我再繼續往前走，孤單的感覺已經離我而去。我儼然成了一個導遊，一個先驅，一個最初的拓荒者。那個問路的人無意間賦予了我在鄰里間通行無阻的自由。

陽光日日潑灑，樹葉從新芽化作一片濃綠，萬物像快轉的電影般迅速生長，我感覺到一股熟悉的信念，我的人生將在這個夏天重新出發。

有很多書要讀是一回事，而且看書還得遠離戶外新鮮空氣，耗費許多寶貴心神。我買了一大堆關於銀行業務、信用貸款和投資理財的書，紅底金字一本本排在書架上閃閃發亮，活像鑄幣廠剛造好的新錢，彷彿從中就能揭露米達斯、摩根和梅賽納斯②等人才知道的淘金祕方。此外我還想多看些其他的書。我在大學時代對文學很有興趣，像是有一年我爲《耶魯學報》寫了一系列嚴謹而易懂的評論，而現在我要把文學、閱讀等重新帶入生活，再次成爲「什麼都懂一點」的專家，那種「萬事通」。但後來我才知道，「心無旁鶩專注於一個領域，人生會更成功」這句話並不只是老生常談。

說起來機緣巧合，我早該在北美洲這個最奇特的地方租房子的。它位於一座細長又喧鬧的島嶼上，這個島朝紐約的正東方延伸出去，島上除了其他天然奇景，還有兩個不尋常的地形——意即，在紐約市二十哩外有兩顆巨大的蛋，形狀一模一樣，有道細長的小海灣將兩者分開。兩顆蛋伸入西半球溫馴平和的大海中，也就是長島海灣附近的海域。它們並非完美的橢圓形，而是像哥倫布的故事裡一端被敲扁地直立著③，只不過它們的外形毫無二致肯定會讓飛越其上的海鷗困惑不已。但對於我們這些沒有翅膀的生物來說，除了外型和大小之外，更有趣的一點是，這兩顆蛋無論從哪一方面看都毫無相同之處。

我住在西蛋，就是……呃……比較落後的那顆蛋，用這個說法只能大致形容此地的古怪，以及和東蛋之間的巨大差異。我的房子就在蛋的最頂端，離海灘只有五十碼，左右被兩棟每季租金高達一萬兩千至一萬五千元的大型別墅包夾。在我右手邊這棟不管用什麼標準來看都是氣派豪華的建築，整棟房屋完全依照法國諾曼第某間市政廳風格而興建，側面立著一座塔，嶄新華麗的外觀薄薄披覆了一層常春藤，還有大理石游泳池和占地超過四十畝的庭園。這就是蓋茲比的豪宅。更確切地說，那時我還不認識蓋茲比先生，只知道豪宅在這個人的名下。我的房子則像個刺眼的異物，不過這個異物很小，沒什麼人會注意到，因此從我的房子不但可以看到海，欣賞鄰居家一部份的庭院景色，還能與百萬富翁比鄰而居，眞是讓人安慰，而這一切一個月只要八十元。

小灣對岸可以看見，繁榮的東蛋一棟棟純白豪宅沿著海岸線閃閃發亮，而這年夏天的經歷就是從那個傍晚開始——我開車到東蛋和湯姆・布坎南夫婦吃晚餐。黛西是我的遠房表親，湯姆則是大學時期的朋友。戰後不久，我還到芝加哥叨擾了他們兩天。

黛西的丈夫呢，其他各式各樣的運動成就不說，他是紐哈芬有史以來最厲害的美式足球前鋒，可說是全國皆知的人物，也就是在二十一歲就到達人生巓峰、接下來做每件事只好一直走下坡那種人。他的家族極爲富有，即使是大學時期，他手邊能夠花用的錢已經讓人自嘆弗如。現在他離開芝加哥來到東岸，陣仗之大讓人嘖嘖稱奇，比如說，他還從森林湖市④帶來一群打馬球專用的馬匹。

很難相信，一個和我同輩的人能有錢到這種程度。

我不知道他們為什麼來到東岸。他們曾在巴黎待了一年，沒有什麼特別的理由，接著又蜻蜓點水似地這裡待一陣子，那裡住一會兒，只要哪裡有人打馬球，有錢人聚集在什麼地方，他們就往那裡去。黛西在電話中告訴我，這次是來東岸定居，但是我不相信她的話，因為我看不出她的內心在想什麼。我倒是感覺湯姆會永遠這樣飄蕩下去，尋找他內心的渴望——那些一去不復返的球賽裡激情而喧鬧的歡呼。

所以我就在一個溫暖有風的傍晚，開著車到東蛋去看兩個幾乎認不出來的老朋友。他們的房子是一棟喬治亞殖民時期風格的宅邸，紅磚白櫺的建築俯視著港灣，非常賞心悅目，精心設計的程度超過我的預想。庭院從岸邊開始向屋子大門奔馳，延伸了四分之一哩，躍過日晷、紅磚牆和燦爛盛開的花圃，最後來到屋子前方化為翠綠的藤蔓蜿蜒爬上了側面，彷彿要展現一股奔跑的力量。屋子正前方有一整排落地窗，金色的夕陽映得玻璃閃閃發亮，窗戶大敞迎接這溫暖多風的午後。湯姆・布坎南一身騎馬裝扮，雙腳大開地站在前廊。

他的模樣已經變了，和以前在紐哈芬時大不相同。現在的他是個體格壯碩、有著稻草色頭髮和一張苛刻嘴巴，覺得自己很了不起的三十來歲男人。一對精光閃閃、不可一世的眼睛在臉上顯得非常醒目，也使他永遠帶有一種咄咄逼人的感覺。即使是秀氣亮眼的騎馬套裝也掩蓋不住那副身軀散發出的巨大力量，比如腳上那雙光可鑑人的馬靴，從第一個孔到最後一個孔都綳得實實的；身上那件騎馬專用薄外套底下的肩膀一動，就會有一大塊肌肉跟著牽動。這是一副有著巨大影響力的身軀，一副冷酷無情的身軀。

他說話時聲音高昂中帶著沙啞，更增添他帶給人的易怒印象。他的語氣裡有一種老爸教訓兒子似的輕視，即使是跟他喜歡的人說話也是一樣，在紐哈芬時就有人很痛恨他的蠻橫。

「好了，可別因爲我比你壯，比你有男子氣概，就什麼都聽我的。」——這似乎就是他想說的。我們同屬一個高年級社團，雖然並不相熟，但總覺得他很認同我，並且是以一種嚴厲挑釁的態度來表現自己的渴望，想讓我對他有好感。

我們在陽光西曬的長廊上聊了幾分鐘。

「我這個地方眞不錯。」他說話的時候眼睛眨個不停。

他扶著我的手臂轉過我的身子，並且伸出一隻寬大的手在我前方的景色指了指，被他手指掃過的包括一個義大利式的低窪花園，一方占了半畝地、芳香濃郁的玫瑰花圃，以及一艘隨著波浪不斷沖撞岸邊的扁鼻汽艇。

「這些原本都是石油大亨迪緬因的。」他又把我轉過來，禮貌中帶著莽撞，「我們進去吧。」

我們走過一道挑高的玄關，來到一個明亮、充滿玫瑰色的地方，兩端以落地窗區隔，精巧地鑲在屋子當中。微微敞開的窗戶閃動著白光，外頭鮮綠的草地像是要漫進屋子裡。一陣微風穿過房間，吹得一頭的窗簾向屋內飄動，另一頭向屋外搖曳，彷彿朝糖霜結婚蛋糕似的天花板飾條扭絞著蒼白的旗幟，又於酒紅色的地毯上留下片片漣漪，像海風在水面上灑下的影子。

房間裡唯一靜止不動的東西是一張巨大沙發，兩個年輕的女人置身其中，就像坐在被拴住的熱氣球裡。她們倆都一身白，衣服被風吹得翩翩擺動，好像才剛在屋子周圍短短繞了一圈又回到這裡。我一定是站了好一會兒，只顧著聽窗簾拍打捲動的聲音和牆上畫像的喟嘆。突然一聲巨響傳來，原來是湯姆·布坎南關上了後面的落地窗，屋子裡流動的風沉寂下來，讓浮在空中的窗簾和地毯，還有兩位年輕的女士都一起飄然降落。

年紀小一點的那位女士我不認識。她四肢伸得筆直躺在沙發一端，完全靜止不動；下巴微微上揚，像在撐住某個很容易掉下來的東西。我不知道她的眼角餘光有沒有瞄到我，因爲從她的眼神完全看不出來；說實話，我差點嚇得想小聲爲自己貿然進來打擾到她而道歉。

另外一個就是黛西，她作勢起身，身體微微向前，表情正經八百；接著她笑出聲，一個忍俊不住，風情萬種的輕笑，我也報以微笑走進了房間。

「我開心得整……整個人都軟了。」

她又笑了起來，好像她剛剛說的話很幽默機智；隨即她深深握住我的手，仰起臉龐專注地看著我，表現出這個世界上彷彿她最想見到的人就是我。黛西總是來這招。她輕聲暗示，旁邊那位正在玩平衡遊戲的女孩，姓貝克。（我聽說，黛西之所以輕聲細語只是爲了讓人靠近她，但這種無關緊要的批評絲毫無損她的迷人。）

至少，貝克小姐的嘴唇微微一動，以幾乎察覺不到的姿態向我點了一下頭，隨即又把頭仰回去；那個她正在平衡的東西顯然因此晃了一下，造成她某種程度的驚嚇，令我又有一股想要道歉的衝動。幾乎任何極有自信的表現都能讓我肅然起敬。

我回頭看著黛西表妹，她開始用低迴動人的聲音問我一些問題。那是一種會讓人仔細聆聽的聲音，彷彿一字一句都是精心安排的音符樂句，錯過再也無緣得聞。她有一張可愛中帶些憂鬱、散發著明亮氣息的臉，一雙神采煥發的眼睛和亮麗熱情的雙唇，但是讓那些裙下之臣難以忘懷的還是她的聲音，裡面有股讓人怦然心動的力量，聽了忍不住要歡欣歌唱。光是那句輕輕呢喃的「聽著！」就可聽出她剛才彷彿做了一些快樂興奮的事情，而接下來還有更多快樂興奮的事在後面等著。

我告訴她，來東岸的路上我曾經在芝加哥停留一天，有一大堆人託我問候她。

「他們會想我？」她興奮得驚呼出來。

「整個城市的人都想妳想得好感傷。所有的車子都把左後輪漆成黑色，用來象徵花環，表達對妳的思念。沿著城市的北岸一整夜都哭聲震天呢。」

「眞是太感動了！我們回去吧，湯姆。明天就走！」可是緊接著她又將話題生生一轉，「你該看看寶寶的。」

「我很想看看她。」

「她睡了。兩歲了，你有沒有看過她呢？」

「從來沒有。」

「這樣啊，你是該看看她的。她眞是……」

湯姆在房間裡煩躁地踱來踱去，這時停下了腳步，把手搭在我的肩膀上。

「尼克，你現在在做什麼工作？」

「我在做債券方面的工作。」

「跟誰？」

我一一告訴他。

「聽都沒聽過。」他斬釘截鐵地下了結論。

我很不高興。

「會的，」我馬上回答，「如果你待在東岸，就會聽到他們的名字。」

「喔，我會留在東岸的，這你大可放心。」說話時他瞥了黛西一眼，隨即又看著我，好像在提防些什麼事情，「我要是住到別的地方去就是個天大的笨蛋。」

就在這個時候，貝克小姐突然開口了：「就是這樣！」我嚇了一大跳，從我進到屋子開始，這是她說的第一句話。她顯然和我一樣被自己的話嚇了一跳，因爲接下來她打了個哈欠，動作敏捷輕巧地站起身，走了過來。

「我全身都僵了，」她語帶抱怨，「都不知道在那張沙發上躺了多久。」

「跟我可沒關係，」黛西立刻回道，「我可是花了一整個下午的時間想帶妳到紐約去。」

「不喝了，謝謝。」貝克小姐婉拒了剛從餐室端出來的四杯雞尾酒，「我現在正全心全意地接受訓練。」

湯姆看著她，一臉不可置信。

「說得跟眞的一樣！」他仰頭把酒喝光，彷彿杯底殘留著一小滴酒，「我眞無法想像妳這是在做什麼訓練。」

我看著貝克小姐，心裡猜想她正在做的「訓練」會是什麼。我喜歡看著她的一舉一動。她是個身材纖細、胸部不大的女孩，她用力將肩膀往後收挺出胸膛，像個年輕的軍校生，藉此強調筆挺的身形。因爲陽光刺眼，她瞇起灰色的眼睛看我，用她那張蒼白迷人帶著渴望的臉，客氣地回應了我的好奇。我突然想起以前在什麼地方看過她，或是她的照片。

「你住在西蛋，」她一副沒什麼大不了的樣子，「我在那邊有認識的人。」

「我一個人都不……」

「你一定認識蓋茲比。」

「蓋茲比？」黛西聲音一僵，「哪個蓋茲比？」

我還沒來得及回答他是我的鄰居，就聽見宣布晚餐準備好了。湯姆·布坎南伸出自己繃緊的手臂，一把插進我的臂彎，架著我離開了房間，把我當西洋棋子似地推來推去。兩位年輕的女士則互相輕摟著腰，蓮步輕移，慵懶地走在我們前面，最後來到一個玫瑰色的陽臺上。陽臺正對著夕陽，桌上點了四根蠟燭，燭光在微弱的風中搖曳。

「為什麼點蠟燭？」黛西皺著眉，一臉不悅。她用手指捻熄了燭火，「再過兩個星期就是一年裡最長的白晝。」她看著大家，突然又一臉興奮，「你們會不會這樣呢，總是等著一年之中最長的白晝，等到了卻又錯過呢？我就是這樣，老是等著這一天，老是錯過。」

「我們應該安排點什麼事來做。」貝克小姐邊說邊打哈欠，她走到桌邊坐下，看起來好像正要準備上床睡覺。

「就是這樣，」黛西說，「那我們該安排什麼呢？」她一臉無助地轉頭看我，「一般人會怎麼做呢？」

我還沒回答，只見她忽然一臉憂心地盯著自己的小指。

「你們看！」她埋怨著，「受傷了。」

我們順著看過去，指節一片瘀青。

「都是你，湯姆，」她責備他，「我知道你不是故意的，但就是你讓我受的傷。看看我嫁給一個野蠻人得到了什麼？一個又大又粗又笨、只會用蠻力的莽漢……」

「我很討厭『笨』這個字，」湯姆很不高興，「即使只是開玩笑。」

「就是笨。」黛西不肯鬆口。

有的時候黛西和貝克小姐會不知不覺同時說話，談笑之間雖然有點格格不入，卻也不流於嘮叨，言語中不帶情緒，一如她們身上的白衣，和冷淡得彷彿不帶任何慾望的眼神。她們置身於此，並沒有不理會湯姆和我，只是無論說笑或是陪笑都是點到即止。她們很清楚眼前這頓晚餐很快就會結束，再晚一點，黃昏也會畫上句號，因此輕輕鬆鬆毫不在意。這跟西岸的情況全然不同，在那裡，傍晚像一個匆忙更換布景直到落幕的舞臺，參加的人要不失望連連，要不就是被這片忙亂弄得緊張兮兮。

「妳讓我覺得自己很不文明，黛西，」我喝著第二杯帶有軟木塞氣味、卻相當美味的葡萄酒，忍不住吐露了心聲，「妳就不能說點種田啦，或是其他事情嗎？」

我這麼說其實沒有什麼特別的意思，但這話引出來的事態卻大出意料之外。

「文明就要瓦解了，」湯姆突然插話進來，「我對於事情的發展極度悲觀。你有沒有讀過高達德這個人寫的《有色帝國的興起》⑤？」

「沒看過，好看嗎？」他說話的語氣讓我相當訝異。

「我說，這是一本很好的書，每個人都應該看。重點在於，如果我們不留心，白色人種將會……將會完全滅絕。這都是科學研究的結果，已經證實了。」

「湯姆懂的事情越來越多了，」黛西說話間不自覺露出悲傷的神色，「他都讀些很難懂的書，裡面有一些很長的單字。上次我們說的那個字是……」

「嗯，這些書都是經過科學驗證的，」湯姆不耐地瞄了自己的太太一眼，繼續說下去，「這個傢伙已經把整件事情都弄通了。一切都看我們這些優勢人種如何小心留意，要不然其他種族就會控制一切。」

「我們一定要打倒他們啊。」黛西輕輕說，一面朝著炙熱的陽光猛眨眼。

「妳該搬去加州住的……」貝克小姐才開口說話，湯姆卻狠狠地動了一下椅子，打斷她的話。

「重點在於我們都是北歐民族。我是，你也是，還有妳，還有……」他稍稍猶豫了一下，朝黛西輕輕地點了個頭，表示把她也算在內，她又朝著我眨眨眼。

「……我們創造了所有的東西，才建立起所謂的文明，喔，就是科學、藝術等等這些東西。這樣你懂嗎？」

湯姆如此全神貫注只顯出了某種悲哀，他的自滿比以前更加強烈，對他來說卻仍嫌不足。這時，屋子裡的電話鈴聲響起，管家離開陽臺去接電話，黛西抓住這個空檔，往我這邊靠過來。

「我要告訴你，我們家的一個祕密，」她低聲說，一臉興奮，「這個祕密和管家的鼻子有關。你想不想聽聽管家的鼻子有什麼祕密呢？」

「我來這裡就是爲了聽這個的。」

「好啊，他不是一直都當管家的，他以前在紐約某個人家裡擦銀器，那個家有一套兩百人份的銀製餐具。他從早到晚都在擦銀器，最後鼻子終於出了問題……」

「情況變得越來越嚴重。」貝克小姐在旁邊補上一句。

「對，情況變得越來越嚴重，最後他只能辭職走人。」

片刻之後，最後一道陽光帶著愛憐，浪漫地落在黛西發亮的臉上，她的聲音使我不得不彎身向前屏息凝聽。接著餘光散盡，一道道光線帶著眷戀的遺憾離開她，彷彿孩子們在傍晚時離開一條快樂的街道。

管家走回來在湯姆耳邊輕聲說了些話，湯姆眉頭一皺，椅子一推，一聲不響進了屋子。他的離開好像刺激了黛西心裡某些事情，她又靠過來，清亮的聲音宛如吟唱。

「尼克，我很開心今天和你一起吃晚餐。你讓我想到一……一朵玫瑰，一朵眞正的玫瑰，對不對？」她轉向貝克小姐尋求認同，「一朵眞正的玫瑰？」

這並非事實。我跟玫瑰根本扯不上關係。她只是隨口發洩內心感受到的一股強烈憤恨，彷彿那些讓人屏息、激動的言詞中隱藏著她想傾訴的東西。接著她突然把餐巾往桌上一丟，起身告退之後就進了屋子。

貝克小姐和我對看了一眼，彼此都有意識地掩藏眼神中的情緒。我正準備開口，只見她機警地坐起身，用提醒的聲音說「噓！」只聞背後的屋子裡隱隱傳來激烈的交談聲，貝克小姐俯身向前，毫不避諱地想聽清楚交談內容。這陣嗡嗡低語從激烈震盪到趨於一致，忽而沉寂，又興奮地向上竄高，最後一切完全靜止。

「妳剛剛問的這個蓋茲比先生，是我的鄰居……」我對貝克小姐說。

「別說話。我想聽聽出了什麼事。」

「發生什麼事了嗎？」我很天眞地問。

「你是說你不知道？」她的驚訝是發自眞心的，「我以爲每個人都知道了。」

「我不知道。」

「怎麼會……」她遲疑了一下，「湯姆在紐約有女人。」

「有女人？」我茫然地重複了她的話。

貝克小姐點點頭。

「她應該知道分寸，別在晚餐時間打電話給他。你不覺得嗎？」

我還沒來得及會過意來，只聽見衣服的飄動聲和皮靴喀拉喀拉磨在地上的聲音，湯姆和黛西回到了桌邊。

「眞是沒辦法啊！」黛西強顏歡笑地說。

她坐下，先探詢似地看了貝克小姐和我一眼，接著說：「我看了一下外頭，眞是非常浪漫的景色啊。有一隻鳥在庭院裡面，我想一定是跟著庫納德郵輪或是白星號郵輪一起過來的夜鶯。牠現在唱得正好聽呢……」她的聲音也有如鳥囀，「……眞是浪漫，對不對，湯姆？」

「眞的很浪漫。」他說完，隨即苦著一張臉對我說：「如果晚餐結束天色還早，我想帶你去馬廄看看。」

屋內的電話又響起來，讓人心驚膽跳，黛西堅決地對湯姆搖搖頭。此時去看馬廄的提議已經不重要，其實不管是什麼提議都隨著電話鈴聲煙消雲散了。餐桌上的最後五分鐘像是殘破的片段，我記得蠟燭又點起來了，基於什麼原因也不清楚；我還清楚意識到自己很想看看每個人的反應，卻又不想和他們眼神接觸。我搞不懂黛西和湯姆在想什麼，不過我想，即使是貝克小姐這種似乎對一切都冷眼相待的人，也很難把這來自第五位賓客的尖銳緊急金屬電話鈴聲完全置之度外。這種場面對於某些個性特別的人也許會覺得好玩，我自己的直覺倒是想撥電話找警察來。

想也知道，不用再提什麼看馬的事情了。湯姆和貝克小姐緩步走回書房，兩人相隔數呎，之間映著黃昏暮色，彷彿正要去一具死透了的屍體旁邊守夜。我則是一面假裝什麼都很有意思，一面假裝什麼都沒聽到，跟著黛西走過一排相連的走道來到前廊。在深深的幽暗中，我們並肩在一張柳條編的長椅坐下。

黛西捧著臉，好像在感受自己臉型輪廓的美妙，視線則慢慢移到天鵝絨般的暮色深處。我看得出她的思緒正翻湧起伏，所以問了幾件跟她女兒有關的事情，希望能讓她的情緒平靜下來。

「尼克，我們對彼此並不是很了解，」她突然說，「即使我們是表兄妹。你甚至也沒有來參加我的婚禮。」

「那時我還在打仗沒有回來。」

「也對。」她遲疑著，「嗯，我過得很辛苦。尼克，我什麼事情都看透了。」

她會這樣想，很明顯有她的原因。我等著她繼續說，但是她沒再開口，等了一陣子，我才很無奈地把話題轉回她女兒身上。

「我想她會說話了吧，還有吃東西啦什麼的。」

「喔，是啊。」她看著我，心思卻在別的地方，「你知道嗎，尼克，我想告訴你，在她出生的時候我說了什麼，你想不想聽呢？」

「我很想知道。」

「聽完你就知道爲什麼我對於……事情的想法會變成這樣。嗯，她出生還不到一個小時，湯姆根本不知道跑到了什麼地方去。我從麻醉中醒過來，有一種被完全遺棄的感覺，我立刻問護士，小孩是男是女。她告訴我是個女孩，我聽了頭一轉，眼淚一直掉下來。我這樣告訴護士：『好，還好是個女孩，我希望她是個傻女孩。一個女孩在這世界上最好的處境就是當個美麗的小傻瓜。』」

「看吧，反正我覺得每件事情都糟透了，」她語氣堅定地繼續說下去，「每個人都是這樣想，每個聰明人都是這樣想，而且我很清楚他們在想什麼。我什麼地方沒去過，什麼場面沒看過，什麼事情沒做過。」她用睥睨的眼神往身邊掃了一圈，跟湯姆簡直一個樣，接著她哈哈大笑，聲音中透露的輕蔑令人心驚，「見多識廣啊，天啊，我眞是見多識廣啊！」

她的聲音戛然而止，我的注意力和思考不再被牽著鼻子走，立刻感覺到她並非眞心實意地說著話。這讓我很不自在，好像整個傍晚都是某種陷阱，爲的是要逼我雙手奉上相應的情感。我定定地等著她開口，過了一會兒她看著我，可愛的臉上卻清楚露出一款居高臨下的交際式笑容，彷彿表示她已經成爲和湯姆都參與其中的一個極優越祕密社團的成員。

屋裡深紅色的房間燈火通明。湯姆和貝克小姐各自坐在長沙發的兩頭，她正在讀《週六晚報週刊》⑥給他聽，聲音像在細碎私語，沒有抑揚頓挫，字字句句以平靜的語氣流瀉而出。同樣的燈光將他的靴子映得閃閃發亮，卻令她那有如秋天黃葉色的頭髮顯得毫無生氣，她每翻一頁，手臂上纖細的肌肉就會動一下，映著光的雜誌也跟著閃動一下。

我們進來的時候，她手一抬，示意我們先靜一靜。

「結局如何，」她把雜誌往桌上一丟，「且待下回精彩分解。」

她的身子前傾，膝蓋不安地動了一下，之後才站起身。

「十點了，」她仰起頭，看起來她的時鐘是掛在天花板上，「我這個乖女孩該上床睡覺囉。」

「裘丹明天有巡迴賽要打，」黛西在旁解釋，「需要到威徹斯特⑦那邊去。」

「喔，原來妳是裘丹．貝克。」

我現在知道爲什麼她看起來很面熟了，她的照片常常在報紙的體育版出現，不管她人在阿什維爾、溫泉城或棕櫚泉⑧，總是從報端上一臉愉悅又高傲地看著我。我也聽說過她的一些事情，一些批評她、有損名聲的閒言閒語，不過很早以前我就忘了別人說些什麼。

「晚安，」她的聲音很溫柔，「八點叫我，可以嗎？」

「只要妳願意起床。」

「我會的。晚安，卡拉威先生。下次見。」

「妳一定會很快見到他的，」黛西肯定地說，「其實我想幫你們做個媒呢。尼克，要常來啊，我會……嗯……想辦法把你們湊成一對。像是不小心把你們兩個關在衣櫃間裡面啦，或者是把你們兩個從船上推下去啦，諸如此類。」

「晚安，」貝克小姐的聲音從樓梯上傳來，「我什麼都沒聽到喔。」

「她是個好女孩，」過了一會兒湯姆才說，「他們不該讓她這樣全國各地跑來跑去。」

「你說誰不應該？」黛西語氣冷淡。

「她的家人。」

「她的家人就是一個老到不知道幾歲的姑姑。而且，尼克會好好照顧她，對不對，尼克？她這個夏天會常常來這裡度週末，我認為家的感覺對她會很有幫助。」

黛西和湯姆沉默地對看了一下。

「她是紐約人嗎？」我趕快問個問題。

「她來自路易斯維爾。我們兩個白種女孩一起在那裡度過少女時期。我們這兩個漂亮的白種……」

「妳剛剛是不是在前廊那邊跟尼克說了什麼心事？」湯姆突然語氣嚴峻地問。

「我有嗎？」她看著我，「我好像記不得了呢，不過我想我們聊了一些北歐種族問題。沒錯，我確定剛剛就是聊這個。也不知道爲什麼就提到這個問題，而且啊，一開始呢……」

「尼克，不管你聽到什麼都不要相信。」他提醒我。

我淡淡地說我什麼都沒有聽到。過了幾分鐘，我起身告辭。他們送我到門口，肩並肩站在門口透出的那片溫馨方形燈光之中。我啓動引擎的時候，黛西急著大叫：「等等！」

「我忘了問你一件事，是重要的事。我們聽說你在西岸跟一個女孩訂婚了。」

「是啊，」湯姆親切地附和黛西的話，「我們聽說你訂婚了。」

「那是有人造謠。我很窮，沒錢結婚。」

「但是我們眞的聽說了，」黛西還不放棄，臉上又像花朵一樣綻開了笑容，反而讓我覺得意外，「有三個人都這麼說，所以一定是眞的。」

我當然知道他們說的是什麼事情，只是我實在連一點訂婚的邊都沾不上。其實，這個大家口中的訂婚傳言正是我來到東岸的原因。你不能只因爲謠言就跟老朋友斷交，但另一方面，我也不想順著謠言跑去結婚。

他們的關心讓我相當感動，也顯得他們比較不像那種冷漠的有錢人，儘管如此，我駕車離開時還是覺得一頭霧水，心裡有些不舒服。就我看來，黛西該做的似乎就是抱著小孩趕快離開那棟屋子，但目前她的腦袋裡面並沒有這樣的想法。至於湯姆呢，聽到他「在紐約有女人」實在比不上他因爲讀了一本書而覺得悲觀來得讓我驚訝。不知道爲什麼，他執著於一些陳腔濫調，一味吹毛求疵，彷彿他引以爲傲的強健體魄再也無法滿足自己霸道的內心。

四處可見夏天已過大半的景象，不管是從小酒館的屋頂上，或是立於路邊修車廠前院、靜靜端坐在電燈光暈中的嶄新紅豔加油檯。回到西蛋的家，我把車停在屋簷下，在院子裡一部廢棄的壓草機上坐了一會兒。風雖然已經平靜下來，群星閃耀的夜晚卻熱鬧得很，林間鳥群拍動翅膀的聲音此起彼落，生氣蓬勃的青蛙全力鼓動著大地的風箱，傳出一陣陣持續不斷的風琴聲。一隻貓的側影在月光下搖搖擺擺地走過，我順著看過去發現還有另外一個人——就在五十呎外，有一個人從隔壁豪宅的陰影中走出來，雙手插在口袋裡欣賞銀光流瀉的點點繁星。從他從容的動作和雙腳踏在庭院裡那股穩重姿勢可以看出他就是蓋茲比本人；他從屋子裡走出來確定一下，我們頭上這片星空有多少是屬於他的。

我想去跟他碰個面。貝克小姐曾在晚餐時提到他，這應該很適合用來做爲開場白。但是我後來沒有叫他，因爲他一個突然的動作暗示著他希望獨處——他用一種奇特的姿勢朝前方黑黝黝的海水伸出雙臂，我敢發誓他在發抖，即使我的位置離他這麼遠。我下意識地向海上望了一眼，發現海上除了一盞綠燈之外別無其他，那盞綠燈很小、很遠，也許是某個碼頭的底端。我再回頭往蓋茲比那個方向看，他已經不見了，我又成了孤身一人，在這不平靜的黑暗中。

譯註：

①湯瑪斯・帕克・迪維里埃斯（Thomas Parke D'Invilliers）是費茲傑羅的一個筆名，也是他第一部小說《塵世樂園》中的人物。這段文字，出自費茲傑羅藉迪維里埃斯之名所寫的詩〈那就戴上金帽子吧〉（Then Wear the Gold Hat）。

②米達斯（Midas）是希臘神話中會點石成金的國王；摩根（Morgan）為J.P. Morgan & Co.的創始人；梅賽納斯（Maecenas）是羅馬皇帝屋大維的行政顧問。

③哥倫布探險回來之後，在宴會上碰到挑釁他的人，哥倫布便問：「有誰可以拿雞蛋尖的一頭讓雞蛋站起來？」後來哥倫布自己把雞蛋尖敲扁，雞蛋就站起來了。

④芝加哥市郊的高級住宅區。

⑤這本書的書名和作者，取自洛斯羅普・斯托達德（Lothrop Stoddard，小說中作者名為Goddard）所著《有色人種的興起對白人世界主導權的衝擊》（The Rising Tide of Color Against White World-Supremacy，一九二〇）。書中探討了「北歐白人至上主義」（Nordicism），並認為居住在美國的北歐白人數目已經被其他人種（包括地中海人種在內）超越。

⑥週六晚報週刊（Saturday Evening Post）於一八二一年創刊，很快便成為美國最暢銷的週刊，一九五〇年代受到電視普及的衝擊，讀者逐漸流失。一八九七年～一九六九年間為每週出刊，但在一九七一年之後已經改為雙月刊。費茲傑羅曾在這本週刊發表自己的創作。

⑦紐約市郊一處豪宅林立的地區。

⑧阿什維爾、溫泉城、棕櫚泉，分別是位於北卡羅萊納州、阿肯色州、佛羅里達州的度假勝地。

第二章

在西蛋和紐約之間大約一半路程的地方，公路急轉，與鐵路會合，再沿著鐵路走上四分之一哩，爲的是繞開一片荒涼的地區。這個地區是一個垃圾堆出來的山谷，也是一個奇妙的農場；在這裡，垃圾像小麥一樣生長，逐漸變成山脊和丘陵以及風貌特殊的花園，還會化爲房屋和煙囪的模樣飄送裊裊輕煙，最後，經過一番努力不懈，連人的形態都出現了，朦朦朧朧的像在走動，隨著煙塵密布的空氣碎裂飄散。偶爾，會有一排灰色的車子爬行在一條根本看不出是路的路上，伴隨著淒厲的喀拉喀啦引擎聲，停下來時，一群灰不溜丟的人便手持鉛灰色的鏟子一擁而上，這番騷動總會弄得煙霧彌漫，什麼都看不見，順便遮掩了他們神祕不爲人知的舉動。

儘管昏慘慘的煙塵像是無邊無際地飄浮在這片灰暗土地上，但過一會兒你就會注意到「艾科伯格醫生之眼」。艾科伯格醫生之眼是藍色的，非常巨大，光是眼珠的部分就有一碼高。這樣一對眼睛並沒有相應的臉孔，卻有一副黃色的大眼鏡，也因此省了一隻不需要存在的鼻子。看起來應該是某個異想天開的眼科醫生畫了這對眼睛做廣告，希望能在皇后區招攬生意，但是後來雙眼一閉作古去了或是搬到別的地方，忘了把它們帶走。度過許多日曬雨淋沒有人上漆修補的日子，這對眼睛變得有點黯淡，但依然憂心地看著這片莊嚴的垃圾場。

垃圾谷的一邊緊鄰著一條髒臭的小河，每當有渡船要通過，吊橋就會向上升起，這時火車上等待通行的乘客就得盯著這片淒慘的景象，最久長達半小時。火車總是會在這一站停車，至少要停一分鐘，我第一次見到湯姆·布坎南的情婦就是因爲這一分鐘。

只要是有人認識他的地方，就有人能一五一十道出他有情婦這件事。認識他的人都很厭惡他帶著情婦去一些很有名的餐廳，卻留她一個人坐在桌邊，自己到處亂跑，不管是誰只要認識就去瞎聊。雖然我很好奇她的長相，卻沒有想過要見她，但我還是見到了。一天下午我跟湯姆搭火車要去紐約，火車在垃圾堆旁一停下來，他馬上起身，抓著我的手肘，硬把我從車廂拉出來。

「在這裡下車，」他態度強硬，「我要你見見我的女朋友。」

我想他是因爲午餐的時候喝了不少酒，所以現在才一意孤行，幾近強迫地要我陪他，而且還很傲慢地認定我在星期天下午沒有什麼重要的事情要做。

我跟著他跨過一排褪成白色的低矮鐵路圍欄，又沿著公路，在艾科柏格醫生的密切注視下往回走了一百碼。放眼望去，附近唯一的建築物是一棟黃磚小屋，旁邊是一片荒地，有點像因應商店而生的小型主街區，只是附近什麼都沒有。小屋有三家商店，一家正在招租，另外一家是全天候營業的餐廳，旁邊有一條運送垃圾的小路；第三家則是一間修車行，招牌寫著——「喬治・威爾森　汽車修理　汽車買賣」，我隨著湯姆走進去。

修車行相當破敗，幾乎什麼都沒有，唯一可以看到的車是一輛蹲在昏暗角落、上頭布滿灰塵的福特殘骸。我突然覺得，修車行裡面的這片陰影一定是道簾幕，一揭開就會從上頭露出奢華浪漫的小屋。此時，修車行老闆從辦公室的門走出來，一面拿著廢布擦手。他一頭金髮，精神委頓，臉色有些蒼白，勉強算得上英俊。他一見到我們，淡藍色的眼睛裡泛起一陣濕潤閃耀的希望。

「嗨，威爾森，我的老友，」湯姆很高興地拍了拍他的肩膀，「生意怎麼樣？」

「很不錯啊。」威爾森的口氣讓人很難相信。

「你什麼時候才要把那部車賣給我？」威爾森又問。

「下個星期吧，我已經找了人，現在正在整理那部車。」

「那個人動作很慢，是吧？」

「不，一點都不慢，」湯姆冷冷地說，「如果你是這樣想的，我看我也許還是找個別的地方把車賣了。」

「我不是這個意思，」威爾森急忙解釋，「我只是說……」

他的聲音越來越小，最後根本聽不到他在說什麼，只見湯姆焦躁地東張西望。接著就聽到樓梯上傳來腳步聲，沒多久，一個厚重的女人身形擋住了辦公室透出來的光。她大約三十多歲，微胖，一身贅肉卻散發著性感，就像某些女人一樣。她穿著一件髒兮兮的深藍色皺紗連身裙，容貌算不上標緻，但是你能立即感覺到她身上有股活力，彷彿她體內的神經不斷在悶燒。她臉上慢慢泛起微笑，目光興奮火熱，穿過威爾森身旁去跟湯姆握手，好像把丈夫當成鬼魂一樣，接著聲音軟膩沙啞地對她的丈夫說：

「去拿幾張椅子，你站在那裡做什麼，這樣客人才能坐啊。」

「喔，是，沒錯，」威爾森忙不迭地應和，朝小辦公室走去，他的身影立刻融入水泥色的牆壁。一層灰白的飛塵掩蔽了周遭所有事物，也遮住了他的深色工作服和變白的頭髮，只有他的妻子除外，她往湯姆身邊靠過去。

「我想找妳出去，」湯姆一臉熱切，「搭下一班車。」

「好啊。」

「我跟妳在車站下層的報攤碰面。」

她點點頭，隨即離開湯姆身邊，這時威爾森剛好拿著兩張椅子從辦公室門口出來。

我們在路邊別人看不到的地方等她。距離七月四日獨立紀念日不到幾天，一個灰灰髒髒又瘦巴巴的義大利小孩正沿著鐵軌架了一排的沖天炮。

「很糟糕的地方，對吧？」湯姆皺著眉，和艾科伯格醫生對看了一眼。

「糟糕透頂。」

「出去走走對她有好處。」

「她丈夫不會反對嗎？」

「威爾森？他還以爲她是去紐約看小姨子呢。他笨得很，連自己是不是還活著都搞不清楚。」

就這樣，湯姆．布坎南和他的情婦，還有我一起到紐約去，好吧，也不能眞的算是「一起」，爲了小心起見，威爾森太太坐在另外一節車廂。說不定會有住東蛋的人也在這列火車上，湯姆還是不願意被這些人一下就看出來。

在紐約的月臺上，湯姆扶著威爾森太太出了車廂，這時她已經換上一襲棕色印花棉布洋裝，又寬又大的屁股把洋裝撐得死緊。她在報攤上買了一份《城市八卦》和一本電影雜誌，另外還到車站的藥房裡買了些冷霜和一小瓶香水。到了車站上層，車道上的回音很大，她讓四部計程車開過去之後才挑了一部薰衣草色塗裝、灰色內裝的新計程車。我們上了車，一路駛出車站大樓，迎向亮麗的陽光，但望著窗外的她立刻往回看去，伸出手敲敲座位前方的玻璃，要司機停車。

「我想在那邊買一隻狗，」她非常認眞地說，「我想在公寓裡養隻狗。想想眞不錯，一隻狗耶！」

我們的車子倒回一個白髮老頭旁邊，這個人長得跟石油大王洛克斐勒簡直一個樣。他的籃子掛在脖子上搖搖晃晃，裡頭一堆剛出生的小狗相互依偎著發抖，也看不出來是什麼品種。

「是什麼狗？」老頭挨近計程車窗戶，威爾森太太很興奮地問。

「什麼都有。女士，您想要哪一種狗呢？」

「我想要警察養的那種狗，我猜你大概沒有吧？」

那個人一臉疑惑地看著籃子裡，手伸進去抓了一隻出來，被拎著脖子的小狗不斷蠕動。

「那隻不是警犬。」湯姆說。

「是，牠不能算是警犬，」老頭聲音裡面有些失望，「比較像是萬能梗。」他撫摸小狗背上那片棕色抹布似的毛，「看看這片毛，這可不是普通的毛。養了這隻狗，您絕對不用擔心什麼感冒受涼的事情。」

「我覺得牠很可愛呢，」威爾森太太很動心，「多少錢呢？」

「這隻狗啊？」老頭一臉讚賞地看著牠，「這隻要賣十塊錢。」

這隻狗肯定混了一些萬能梗的血統，可是牠卻有四隻讓人錯愕的白腳。威爾森太太從老頭手上接過狗，放在自己的大腿上，她高興地撫摸著狗背上那片看起來可以抵擋天氣變化、讓人不會感冒的毛。

「牠是公的還是母的？」她嬌聲細語地問。

「那隻狗？那是隻公狗。」

「是母狗。」湯姆斷然地說，「錢給妳，再拿去買十隻狗。」

我們的車來到第五大道，星期天的夏日午後如此溫暖和煦，一派田園風光，就算轉過街角看到一大群羊，我也不會意外。

「等一下，」我開口說，「我得在這裡下車了。」

「不，不准走。」湯姆很快打斷我的話，「如果你不上來坐坐，美朵可是會傷心的。對不對，美朵？」

「來嘛，」她極力勸我，「我會打電話給我妹妹凱瑟琳，一些名流紳士都說她很漂亮耶。」

「這個嘛，我是很想去，但……」

我們繼續前進，車子又掉頭穿過整座中央公園，往西邊一百多街的方向走。到了一百五十八街，出現了一整排公寓式建築，看起來像條長型白色蛋糕，我們在其中一塊蛋糕前停下來。威爾森太太抱起小狗和其他買的東西，以女皇凱旋歸來的架式，目光炯炯地朝左鄰右舍環顧一下才進了屋子。

「我要找麥基家的人過來，」電梯一面上升，她一面昭告著，「還有，當然也會打電話找我妹妹來。」

她的公寓位在最頂樓，有一個小小的客廳和小小的飯廳，一間小小的臥室和小小的浴室。客廳裡擺著一組套著織錦的家具，這組家具實在大得不像話，把整個客廳塞得擁擠不堪，走動起來很容易磕磕絆絆的；織錦圖案裡，有一群於凡爾賽宮花園盪鞦韆的淑女在此當起了觀眾。屋子裡只掛著一幅過度放大的照片，看起來是一隻雞坐在一塊似乎是岩石的東西上；但是稍微站遠一點看，公雞則化為一個戴著帽子的胖老太太，正微笑地看著屋裡。桌上有幾本舊的《城市八卦》，旁邊還有一本《使徒彼得傳》①，以及一些跟百老匯醜聞有關的小本雜誌。威爾森太太首先關心的是那隻小狗。她找了管電梯的小男孩弄來一個舖滿稻草的盒子和一些牛奶，雖然小男孩一開始不太情願，後來還是主動買了一罐硬硬的狗餅乾，拿出一塊放在牛奶裡，只是後來泡了整個下午全都爛了也沒人去動一下。同時，湯姆從一個上了鎖的櫃子裡拿出一瓶威士忌。

我這輩子只喝醉過兩次，第二次就是在這天下午，我對於後來發生的事還是迷迷糊糊不大清楚。當天直到過了晚上八點鐘，公寓裡面還是陽光炙熱，威爾森太太坐在湯姆的大腿上打電話找了很多人；然後菸抽完了，我到街角藥房去買了幾包。等我買完菸回來，他們已經不見了，所以我規規矩矩地坐在客廳裡拿起《使徒彼得傳》看了一章，怎麼看就是看不出個所以然，也不知道是寫得很爛或是威士忌讓文章走了樣。

湯姆和美朵再度出現（喝完第一杯酒之後，威爾森太太和我就直接稱呼對方的名字了），過沒多久，剛剛打電話聯絡的朋友一一現身。

她的妹妹凱瑟琳身材苗條，個性世故，年紀大約三十歲，一頭剪短的紅髮看起來硬硬髒髒的，厚厚的粉抹出一張牛奶似的白臉。她拔掉了眉毛，再依照時下流行的眉型弧度重新畫上，只是原本的眉毛長出來後和新畫的眉毛弧度不一，使得她的臉看起來有一種模糊感。她走動的時候不斷發出叮叮噹噹的聲響，因為她的手臂戴著一大堆人造手環，上上下下地碰撞著。她走進屋裡時急匆匆的，好像自己是這裡的主人，看著四周家具時，表情根本就是在說「這全都是我的」，令我不禁懷疑她就住在這裡。不過當我問她這件事的時候，她很浮誇地笑個不停，還大聲重複了我的問題，後來才說她現在跟一個女性朋友住在旅館裡。

麥基先生住在樓下一層，是一個臉色蒼白、有點陰柔氣質的人。他剛剛刮過鬍子，臉頰上還殘留著一塊白白的刮鬍泡，他非常有禮貌地向屋子裡每個人問好。他告訴我，他從事的是「和藝術相關的行業」，我後來才知道他是攝影師，威爾森太太的母親那張幽靈般在牆上徘徊不去的模糊放大照，就是出自他的手筆。麥基太太說話聲音很刺耳，看起來沒有什麼活力，長得很漂亮卻令人憎惡。她很驕傲地告訴我，從結婚以來，丈夫已經幫她拍了一百二十七次照片。

威爾森太太不知何時換了一套衣服，現在身上是一件於下午場合穿的、做工精細奶油色薄紗小禮服，一走動就會發出沙沙的聲音。她身上的衣服換了，連性格也跟著變了，於修車行初見時散發出的強大活力轉變成一種令人難以忽視的傲慢。她的笑聲、她的動作手勢、她的言談隨著時間一分一秒過去變得越來越做作，她自我膨脹得越厲害，身邊的空間就越形狹小，到最後她幾乎像個插在轉軸上的人偶，在彌漫的煙霧中咯啦咯啦地，刺耳地不停旋轉。

「妹妹啊，」她用尖銳又矯情的聲音大喊著，「唉呦，我跟妳說啊，現在大多數的人只要有機會就想敲妳一筆。上星期有個女人來這裡幫我檢查腳，後來她把收費的帳單給我，妳要是看了帳單，一定會以爲她幫我割了盲腸呢。」

「那個女人叫什麼名字？」麥基太太問。

「艾柏哈特太太。她到處去別人家裡檢查腳。」

「我喜歡妳的禮服，」麥基太太發表意見，「這件衣服很美。」

威爾森太太輕蔑地挑了挑眉，對於這句讚美不屑一顧。

「只不過是件花俏的舊衣服罷了，」她說，「我懶得打扮才會拿來穿一下。」

「可是妳穿這件衣服眞是好漂亮喔，妳懂我的意思。」麥基太太繼續說下去，「如果崔斯特能夠把妳這個時候的樣子拍下來，我想他一定會因爲這張照片紅起來的。」

我們無言地看著威爾森太太，她伸手撩開垂在眼睛前的一綹頭髮，眉開眼笑地回頭看向我們。麥基先生歪著頭，很專注地端詳她，接著把手伸到自己面前，緩緩地前後移動比劃了幾下。

「我該調整一下光線，」過了一會兒他說，「我想表現出五官的立體感，也會試著掌握後面頭髮的部分。」

「調整什麼光線？我覺得不用調整，」麥基太太大喊，「我覺得應該……」

她的丈夫說了聲「噓！」我們轉頭看了看那個要被拍照的對象，湯姆隨即大聲地打了個哈欠，然後站起來。

「麥基，你們夫婦倆去喝點東西，」他說，「美朵，妳去拿點冰塊和礦泉水，要不然大家都要睡著了。」

「我已經叫那個小子去拿冰塊了。」美朵抬了抬眉毛，使喚不動這些低等的人讓她一臉失望，「這些人眞是！你就是得隨時盯著他們。」

她看著我，笑得莫名其妙。接著她猛一下跑到小狗那邊，抱起三狗親得一臉沉醉，又往廚房去，好像要告訴大家廚房裡有一堆廚師等著她下命令似的。

「我在長島那邊拍過一些很棒的照片。」麥基先生很認眞地說。

湯姆面無表情地看著他。

「有兩張還裱了框放在樓下。」

「兩張什麼？」湯姆很不客氣。

「兩張攝影作品。一張我命名爲〈蒙特角——海鷗〉，另外一張是〈蒙特角——海景〉。」

凱瑟琳坐到我身邊的沙發來。

「你也住在長島嗎？」她問。

「我住在西蛋。」

「眞的嗎？一個月前我去那裡參加了一場宴會，在一個叫蓋茲比的人家裡。你認識他嗎？」

「我就住在他隔壁。」

「這樣啊，大家都說他是德國威廉皇帝的姪子還是表弟，他的錢就是從那裡來的。」

「眞的嗎？」

她點點頭。

「我很怕他。一點都不想跟他扯上什麼關係。」

這個有關我鄰居的消息很有意思，卻被麥基太太從中打斷，她忽然指著凱瑟琳說：

「崔斯特，我覺得你應該也幫『她』拍幾張照片。」麥基太太說道，還在「她」上面加重了語氣；但麥基先生只是虛應故事地點點頭，轉頭繼續跟湯姆說話。

「只要我能找到門路，就可以在長島有更多發展。我要的也就是一個開始的機會而已。」

「找美朵好了，」湯姆短促地嗤笑了一聲，美朵剛好端著托盤從廚房出來，「她會幫你寫介紹信的，對不對，美朵？」

「寫什麼？」她嚇了一跳。

「妳就幫麥基寫一封介紹信給妳丈夫，這樣麥基就能幫他拍幾幅大作。」湯姆想著下面要說的話，嘴唇翕動著卻沒有發出聲音，之後才說，「就取名爲〈加油站的喬治・威爾森〉，或是差不多那個意思的名字吧。」

凱瑟琳靠過來在我耳邊小聲說：

「他們兩個都受不了自己的另一半。」

「是這樣嗎？」

「完全受不了。」她的眼睛先看向美朵，再轉到湯姆身上，「我總是想，如果不能忍受，爲什麼還要一直住在一起呢？如果是我的話，我就把婚離一離，馬上跟另外一個人結婚。」

「難道她也不愛威爾森嗎？」

這個問題的答案來得出乎意料，因爲美朵在旁邊不小心聽到我的問話，便霹靂啪啦連珠炮似地回應了一串髒話。

「看吧？」凱瑟琳大聲說，臉上有掩不住的得意。接著她又壓低聲音，「都是因爲他的太太，他們才不能在一起。他太太是天主教徒，不認同離婚這種事情。」

黛西並不是天主教徒，湯姆把謊言說得這麼縝密讓我有點震驚。

「他們要是眞的結了婚，」凱瑟琳繼續說下去，「就會搬到西岸去住一陣子，等到一切都平息下來。」

「到歐洲去不是更好嗎？」

「喔，你喜歡歐洲嗎？」她一臉驚喜交集地大喊，「我剛從蒙地卡羅回來呢。」

「這樣啊。」

「就是去年啊，我跟另外一個女孩子一起去的。」

「待了很久嗎？」

「沒有，我們只去了蒙地卡羅就回來了。我們是從馬賽那邊過去的。一開始我們身上有一千兩百多塊錢，但是兩天就在賭場的私人貴賓室裡面被騙光了。我告訴你，我們回來的路上也很慘。天啊，我眞是恨死那個地方了！」

午後近晚的天空在窗外閃耀了片刻，彷彿溫軟如蜜的澄藍地中海，接著麥基太太尖銳的聲音又把我拉回房間裡。

「我也是差點就犯下大錯，」她的聲音高亢興奮，「我差點就嫁給那個追了我好幾年的猶太矮冬瓜。我知道他的家世比不上我。每個人都一直跟我說：『露西啊，那個男人完全配不上妳啊！』但是如果我沒有遇到崔斯特，我肯定會被他娶回家的。」

「話是沒錯，但是妳曉得嗎，」美朵聽得點頭如搗蒜，「至少妳沒有眞的嫁給他。」

「我是沒有啊。」

「可是呢，我嫁了他，」美朵沒有把話說得很清楚，「那就是我們兩個問題的差別所在。」

「妳爲什麼嫁了呢？」凱瑟琳很認眞地問，「又沒有人逼妳。」

美朵考慮了一下。

「我嫁給他是因爲我以爲他是個正人君子。」她終於開口，「我以爲他是個有教養的人，但是他連給我舔鞋子也不配。」

「妳那時有一陣子愛他愛得很瘋狂呢。」凱瑟琳說。

「愛他愛得很瘋狂！」美朵一臉不可置信地大喊著，「誰說我瘋狂地愛過他？要說愛得多瘋狂，我愛他的程度簡直比不上對那個人。」

她突然指著我，在場每個人都譴責似地看著我。我只能試著用臉上的表情，去解釋我跟過去的她完全扯不上關係。

「我唯一瘋狂的，就是嫁給他這件事情。我馬上就知道我選錯人了。他不知道去跟什麼人借了一套好西裝來結婚，對我隻字不提，結果有一天他出門去，那個人跑來討西裝。」她看了看四周有誰在聽她說話，「『喔，那是你的西裝啊？』我這樣說，『這件事我現在才知道。』不過，我還是把西裝還給了那個人，然後一整個下午都躺在床上大哭，一面哭一面敲著手上的結婚戒指。」

「她眞的應該離開她老公，」凱瑟琳又繼續跟我耳語，「他們已經住在修車廠那裡十一年了。湯姆還是她的第一個情人呢。」

屋子裡的人都喝著威士忌②，一杯接著一杯，算起來這已經是第二瓶了，只有凱瑟琳不喝，覺得「不必喝酒就已經心情很好」。湯姆按鈴叫來公寓的管理員，要他去買些好吃出名的三明治，結果買回來簡直就是一頓豐盛的晚餐。我想起身告辭，打算穿過薄暮往東走向公園，可是每一次我想離開，就會被一些天馬行空尖銳刺耳的口舌之爭絆住，像條繩子一樣把我拉回椅子上坐好。在夜色漸深的街道上，偶然經過的路人望著城市高處，望著我們這排燈火通明的窗戶連成的黃線，必定能感受到屬於這裡的人生祕密，我就像是那個不小心路過的人，仰頭疑惑地看著。我一下子在屋子裡，一下子在屋子外，一面沉醉，又一面厭惡著這無窮無盡的人生變化。

美朵把椅子拉到我身邊，溫暖的吐息撲面而來，她娓娓道出第一次遇見湯姆的情形。

「火車上有兩個小小的座位，面對面的，總是最後才會有人坐。我那時要到紐約來看我妹妹，順便在這裡過夜。他穿著一套晚禮服和一雙硬質亮面的皮鞋，我忍不住一直看他，每一次他回看我，我就假裝在看他頭頂上的廣告。我們走進車站時，他就在我旁邊，很近很近，他的白襯衫前襟壓在我的手臂上，我告訴他我要叫警察了，但他很清楚我只是說說而已。我跟他一起進計程車的時候開心得不得了，連自己搭的是計程車還是地鐵都搞不清楚。我腦袋裡想的，一直不斷在想的，就是──『人生苦短，人生苦短啊！』」

她轉頭又跟麥基太太說起話來，客廳裡頓時響遍做作的笑聲。

「我說麥基太太啊，」她高聲地說，「等一下，我這件衣服換下來馬上送給妳好了，我明天再去另外買一件。我看我還是把該買該做的事情全寫下來好了。要去找人按摩一下，燙一下頭髮，幫狗買個項圈，還要買一個可愛精巧的彈簧式菸灰缸，再幫媽媽的墓買一副黑色絲編的花圈，這樣就可以撐一整個夏天都不用換了。我得列一張清單，這樣才不會把該做的事都給忘了。」

那時是晚上九點，感覺上過沒多久再看看錶，就發現又過了一個鐘頭，已經十點了。麥基先生在椅子上睡著了，手握拳放在大腿上，看起來像是一個言出必行的人被拍了照片。我拿出手帕，幫他擦掉臉上那塊讓我掛心了一個下午、現在已經乾掉的刮鬍泡。

那隻小狗坐在桌上東張西望，想看穿城市彌漫的煙塵，不時發出隱隱的低吼聲。人們消失了又重新出現，討論一下該去哪裡，又一下子找不到對方，尋覓了一陣，結果就在幾呎之外找到人。近午夜時分，湯姆和威爾森太太面對面，語氣激昂地爭吵著關於威爾森太太到底有沒有權利提起黛西的名字。

「黛西！黛西！黛西！」威爾森太太大吼，「我愛什麼時候叫就什麼時候叫！黛西！黛……」

湯姆身形一晃，動作矯捷地一拳打斷了她的鼻子。

接著就是浴室地板上多了沾血的毛巾，女人的咒罵聲，以及在這片混亂中最響亮的、拖得長長的、斷斷續續的痛苦哀號聲。麥基先生從瞌睡中醒來，茫茫然起身往門口走。走到一半，又轉身注視著眼前的景象──他的太太和凱瑟琳一面嘮嘮叨叨地罵著，一面安慰美朵，手上拿著急救用品在擁擠的家具中跌跌撞撞；沙發上那個可憐的人血流如注，還忙著要找本《城市八卦》鋪在凡爾賽宮的織錦圖案上。麥基先生轉身繼續往門外走去。我從燈架上把帽子拿下來，跟在麥基先生背後。

「有空一起吃個午飯吧。」我們搭著電梯喀隆喀隆地往下時，他提議。

「在哪吃呢？」

「哪裡都好。」

「你的手別碰電梯拉桿。」管電梯的男孩態度很不禮貌。

「很抱歉，」麥基先生並沒有受到冒犯，「我不知道我碰了。」

「好啊，」我答應他的邀約，「我很樂意一起吃個午飯。」

……不多久，我發現自己站在麥基先生的床邊。他坐在床上，裹著被單，身上只穿內衣，手上則拿著一大本相簿。

「〈美女與野獸〉……〈孤單〉……〈載雜貨的老馬〉……〈布魯克林大橋〉……」

然後我就半夢半醒地躺在冷冰冰的賓州車站下層，呆呆著盯著清早的《論壇報》③，等待四點鐘的火車到站。

譯註：

①《Simon called Peter》，作者為 Robert Keable（一八八七～一九二七），本書於一九二一年出版，因內容涉及性描述和宗教成分而頗受爭議。

②依據一九二〇年一月十六日批准的憲法第十八條修正案，以及一九一九年十月廿八日通過的沃爾斯泰德法案（Volstead Act），美國於修正案生效當日實施了禁酒令。在當時，憲法第十八條修正案明令禁止酒類的販賣與製造，走私販賣酒類的人因而成了百萬富翁。一九三三年二月廿七日布萊恩法案通過，修正了沃爾斯泰德法案，同年十二月五日通過憲法第二十一條修正案，廢止了第十八條修正案。

③《論壇報》（Tribune）是紐約的一家報社，為後來《紐約論壇報》的前身。

第三章

一整個夏天，晚上都可以聽到從鄰居屋子傳來的音樂聲。在蓋茲比的藍色花園裡，男男女女就像飛蛾，於輕聲細語、香檳美酒和星辰銀河之間穿梭往來。下午漲潮時，可以看見他的客人從浮臺上跳水，或者在滾燙的海灘細沙上做日光浴，他的兩艘摩托艇滑行在長島海灣的水面上，拉著水上滑板劃出勁急的白色泡沫。一到週末，他的勞斯萊斯房車就成了接送巴士，往返載運來自城市的嘉賓，另外一部旅行車則像隻活潑的黃色甲蟲，忙著接送搭火車前來的客人，深怕錯過了班次。到了星期一，八個僕人外加園丁一名，人人手持拖把、棕刷、鐵鎚和花園大剪刀，上上下下刷洗清潔，把前一夜狂歡肆虐的殘局整理妥當。

每逢星期五，一名來自紐約的水果商人會送來五大箱柳橙和檸檬，到了下個星期一，這些擠完汁的半圓空殼又成堆地從後門運走。廚房裡有一臺榨汁機，只要管家的大拇指在小按鈕上按個兩百次，半個小時就可以把兩百顆柳橙榨成果汁。

至少每兩個星期就會有一群籌辦宴會的人，帶著數百呎帆布和數量充足的彩色燈飾來到這裡，將蓋茲比的花園布置成一棵大大的耶誕樹。在自助餐點的桌上，開胃小菜裝飾得閃閃動人；以香料烘烤的火腿緊挨著沙拉，設計成小丑的模樣；裹著酥皮的豬肉和火雞，用焦黃美味的顏色魅惑著人心。大廳裡用眞材實料的黃銅桿布置出一個吧檯，酒架上羅列著成排的琴酒、白蘭地、威士忌，還有甜酒，有些珍藏許久的酒是那麼難得一見，而大多數女賓客又都太年輕，認不得這些酒的名字。

晚上七點鐘，樂隊抵達，這可不是只有五樣樂器的小樂團，而是一整組包含了黑管、伸縮喇叭、薩克斯風、維爾奧琴、短號、短笛、低音與高音鼓的大型樂隊。最後一名游泳的客人已經從海邊上岸，正在樓上更衣。從紐約來的車子併排停在車道上，足足併了五排，走廊、客廳和陽臺交織著俗豔的流行色彩，各式奇異新潮的髮型，還有連作夢都想不到的華麗披肩。吧檯正忙得不可開交，雞尾酒盛裝得一盤盤被高高端著送到外頭的花園，氣氛也越來越熱烈，處處傳來閒聊聲和歡笑聲，以及說完即忘的戲謔和自我介紹。女性賓客見面時熱烈地噓寒問暖，但其實彼此根本不知道對方的名字。

等到地球斜斜地向太陽告別，燈火更顯輝煌亮眼，現在樂團演奏的是熱鬧的節慶音樂，賓客宛如唱歌劇般此起彼落高聲唱和著，只是比樂隊高了一個音。時間一分一秒過去，眾人的笑聲越來越自在，也越來越肆無忌憚，一句有趣的話便會引起哄堂大笑。參加派對的人東一堆西一堆，流動速度變得更快，有的因新來賓客的加入匯聚成更大一群，有的在瞬息之間聚散離合。一些宛若流浪吉普賽人的女孩開始在較少移動的沉穩賓客群之中遊走。她們的到來讓氣氛突然高漲，瞬間成爲整群人歡樂的焦點。然後她們興高采烈地帶著勝利的微笑，在閃耀變換的五彩燈光下，轉向另一群臉孔、聲音、色彩各不相同的人。

一位身上披掛著晃動閃耀貓眼石的吉普賽女郎，突然從僕人高高端在空中的托盤搶過一杯雞尾酒，壯膽似地一飲而盡，接著在帆布舞臺上手臂輕搖，獨自一人學起佛里斯科跳舞①。賓客們瞬間靜了下來，樂隊的指揮很體貼地爲她改變了旋律，但眾人開始議論紛紛，因爲大家都誤傳她就是姬爾達・格雷主演的《滑稽搞笑》一劇②中的預備演員。重頭戲開場了。

第一次拜訪蓋茲比家的那天晚上，我相信我是少數幾個眞正受到邀請的人，其他人多半沒有受邀，就是來了。他們跳上車到了長島，也不知怎麼的，最後總是來到蓋茲比的家門前。進了門，只要找某個認識蓋茲比的人介紹一下，接下來就像到了遊樂園，吃喝玩樂優游自在。有的時候他們來來去去，連跟蓋茲比打聲招呼也沒有，他們來參加派對憑的就是內心那股純粹想玩樂的想法，光是這點就足以做爲入場券了。

我是眞的受到了邀請。就在星期六那天一大早，有位穿著藍色制服（知更鳥蛋那種藍綠色）的司機，出乎意料地越過庭院送來一封主人的便箋，不用說，是蓋茲比本人親筆。上頭寫著，不知道能否邀請我參加當天晚上的「小小派對」。他已經看過我許多次，很久以前就想打電話給我，但總是被一些奇奇怪怪的雜事打擾。最後以一手氣派恢弘的筆跡署名——「傑・蓋茲比」。

大約七點出頭，我穿上白色法蘭絨西裝，從我家跨到他家庭院，隨即很不自在地在一堆我不認識的人之中走來走去，不時還會遇見曾在通勤火車上看過的臉孔。我立刻驚訝地發現有許多年輕的英國人在派對裡打轉，他們都穿得很得體，看起來肚子都有點餓，跟那些有財有勢的美國人說話時一派恭順卑微。我很清楚他們在推銷一些東西，要不是債券，就是保險，或是汽車。但至少他們都深切地感受到這裡遍地是黃金，衷心相信只要用對了手法，說個兩三句話，這些黃金就是他們的囊中物。

一進到派對，我就試著想找找看主人在哪裡，問了兩三個人，他們卻都萬分驚訝地看著我，堅決表示不清楚主人的行蹤，我只好朝放雞尾酒的桌子走過去；在這個花園裡，一個單身男子只有在那裡逗留才不會顯得自己像隻沒人理會的無頭蒼蠅。

我正一杯接著一杯，準備大醉一場，好擺脫那種強烈的不安感，此時裘丹・貝克從屋子裡走出來，站定在大理石階梯的頂端，身體微微後仰，用一種不屑的眼光俯視著花園。

這時我也管不了會不會惹人厭，只是覺得自己需要找個人陪伴一下，不然我大概要開始拉著身旁經過的賓客大談哪一種甜酒最好喝了。

「嗨！」我大聲打了個招呼，一面朝她走過去。我的聲音似乎大得不尋常，整個花園都聽得一清二楚。

「我還在想，你說不定會在這裡呢，」她漫不經心地回了一句，待我走上前，又說，「我記得你說你住在隔壁……」

她挽住我的手，不帶任何個人情感，彷彿是種一會兒後便立刻招呼我的承諾；接著便和兩名身穿同款式黃色洋裝、停在階梯最底端的女孩，就這樣聊了起來。

「哈囉！」她們異口同聲地大喊，「妳沒有贏眞可惜。」

她們說的是高爾夫球巡迴賽的事。她上個星期在決賽中敗北。

「妳可能不記得我們了吧，」其中一個黃洋裝女孩說，「不過，我們大概一個月以前在這裡看過妳喔。」

「妳染頭髮了。」裘丹的回答讓我覺得有點突兀，可是那兩個女孩已經自顧自走開，結果顯得她像是在對著天上提早出現的月亮說話，好比今天的晚餐，不用說自然是提早做好才送來的。裘丹修長的金色手臂挽著我的臂彎，我們一起走下階梯在花園裡閒逛。一盤雞尾酒在薄暮中高高地朝我們飛過來，我們找了個地方坐下，同桌的有剛剛那兩個黃洋裝女孩與另外三位男士，男士們介紹自己時，聽在微醺的我耳中都像是「咕噥先生」。

「妳常常來這裡的派對嗎？」裘丹問著坐在旁邊的女孩。

「我就是在上次派對碰到妳的。」女孩用一種機警自信的聲音回答，接著又轉頭問旁邊的女孩，「露西，妳不也是嗎？」

露西也是在上次的派對裡看到裘丹。

「我喜歡參加這兒的派對，」露西說，「什麼都可以做，什麼都可以玩，所以總是很開心。上次我來的時候，禮服被椅子撕破了，他問了我的名字和住址，不到一個禮拜我就收到名店克羅瑞亞的包裹，裡面是一套全新的禮服。」

「妳收下了嗎？」裘丹問。

「當然囉。我本來今天晚上要穿的，但是胸圍太大了，要改了才能穿。那是一套靛藍色的禮服，鑲著薰衣草紫的珠子。兩百六十五元一套呢。」

「說起來，那樣的人還滿有點意思的，」黃洋裝女孩說得很起勁，「他不希望給任何人帶來麻煩。」

「是誰不希望？」我問。

「蓋茲比啊。有人跟我說啊……」

裘丹跟兩個女孩都湊了上來，一副神祕兮兮的樣子。

「有人告訴我，聽說他殺過人耶。」

在場眾人都感到一陣寒意。另外三個咕噥先生身子亦往前傾，聽得很認眞。

「我是覺得事情沒有那麼嚴重啦，」露西並不同意，表情疑惑，「頂多就是在戰爭的時候當過德國間諜吧。」

其中一位男士點點頭表示認同這個說法。

「我從一個人那裡聽說過這件事情，那人跟蓋茲比一起在德國長大，對他的所有事情都很清楚。」他向我們大家保證，一副非常肯定的樣子。

「喔，才不是呢，」黃洋裝女孩說，「不是那樣的，因爲戰爭的時候他在美國軍隊裡面。」我們隨隨便便地又相信了她的說法，她把身子往前傾，等不及要吐露出什麼祕密似的。

「你們找機會觀察他的神情，等到他以爲沒有人注意的時候仔細看。我敢說他一定殺過人。」她瞇起眼睛，怕得發抖。露西也跟著發抖。我們都轉過身去想看看蓋茲比在哪裡。她們的話語剛好證實了蓋茲比所引起的浪漫聯想。這些賓客私下議論著蓋茲比的事情，實際上對他所知甚少，卻仍覺得有必要在這個世界對他的事情碎嘴一番。

現在送上的是晚餐，這是晚上的第一頓飯，等一下過了午夜還有另外一頓消夜，裘丹邀請我去她自己的派對小圈圈，就在花園的另外一頭。桌上琳琅滿目擺了一堆菜式，一起吃飯的有三對夫婦和裘丹的男伴，此人是個頑固的大學生，老愛潑人冷水，而且顯然認爲「裘丹早晚是我的，只是愛我的程度多或少罷了」。在這個小圈圈裡並沒有先前的閒話家常，大家從頭到尾維持著某種尊貴風範，心裡認定這個派對只不過是爲了展現一種土財主式的高尚，彷彿東蛋的人降貴紆尊來到西蛋，同時還得很謹慎，別讓快樂的情緒流露出來，免得失了身分。

「我們走吧，」裘丹低聲地說，這時大約已經虛擲了坐立難安的半個小時，「這裡太拘束了。」我們站起來，她對其他人解釋，說我們要去找找派對的主人，因爲我從來沒有見過他。聽她這麼說，我一下子緊張起來，那個大學生則在旁悶悶地點著頭，一臉不以爲然。

我們先去吧檯那邊探了一下，雖然滿滿都是人，但蓋茲比不在那裡。裘丹從階梯最上面往下望沒看見，陽臺上也不見蹤影。尋找當中，我們碰巧推開了一扇看起來十分貴重的門，走進去才發現是一間挑高的哥德式藏書室，四壁鑲嵌著英國橡木雕刻，整間藏書室也許是從外國某個遺跡原封不動搬過來的。

一名五短身材的中年男子戴了副貓頭鷹似的大眼鏡，半醉半醒地坐在一張巨大桌子旁邊，目光散亂地看著書架上的書。我們進來的時候，他興奮地迅速轉身，從頭到腳打量著裘丹。

「你覺得怎麼樣？」他迫不及待的樣子顯得很魯莽。

「什麼怎麼樣？」

他的手朝著書架比了比。

「就是這些書。其實也不用麻煩你確認什麼，我自己很確定就夠了。這些書都是眞的。」

「這些書？」

他點點頭。

「絕對是眞的書，裡面有書頁，什麼都有。我本來以爲它們只是看起來漂漂亮亮、可以放很久不會壞掉的紙盒子。但其實，它們絕對是眞的書。你看這個書頁，還有這裡！你過來看看這本。」

我們的疑惑神色被他視爲理所當然，他衝到書架那邊拿了《史托達文集　卷一》③。

「看吧！」他得意地大叫，「這是道道地地的印刷品啊。差點就被他騙了。這個傢伙根本就和貝拉斯哥④沒兩樣。太厲害了。太完美了。多逼眞啊。還很清楚分寸在哪，你看，他沒有不識貨地把書頁割開呢。你還想要求什麼？到底還要多完美？」

他又從我手上一把搶走書，急急忙忙把書放回書架上原來的位置，嘴裡還嘀嘀咕咕「什麼拿掉一塊磚頭，整間圖書室都會垮掉」之類的話。

「誰帶你們來的？」他的語氣突然變得強硬，「還是你們就自己來了？我是有人帶來的。大部分的人都是被帶到這裡的。」

裘丹笑笑的，有些防備地看著他，沒有回答他的問題。

「我是被一位姓羅斯福的女士帶來的。」他繼續說，「克勞蒂・羅斯福太太。你們認識她嗎？我是昨天晚上在某個地方碰到她的。我已經醉了快一個星期了，所以想說坐在藏書室裡面會讓我清醒一點。」

「有用嗎？」

「有一點用吧，我想。我還不太感覺得到。我在這裡才待了一個小時。我有沒有告訴你這些書的事情？那是眞的書，是眞……」

「你說過了。」

我們很鄭重地和他握手告別，之後回到了外頭。

花園裡，大家已經開始跳舞，眾人圍成的圈子亂七八糟，不知延伸到什麼地方去。老男人推擠著年輕女孩頻頻後退；上流階級男女成雙成對地聚在角落，展現時髦華麗的迴旋舞姿；有些單身女郎獨自跳著舞，有些跑去搶走樂團的斑鳩琴或銅鈸，讓樂團無法繼續演奏，只好休息一下。到了午夜，歡樂的氣氛更為高漲。一個有名的男高音演唱了一首義大利文歌，另一名以行徑乖張出名的女低音則來了首爵士。節目過場當中，花園裡到處有人拿出自己的「絕技」來獻寶，夏夜的天空響遍了歡樂卻空虛易逝的笑聲。舞臺上正在表演的那對「雙胞胎」原來是剛剛那兩位身著黃色洋裝的女孩，她們穿上了戲服模仿著嬰兒的動作。

香檳酒一杯杯地送上，杯子比洗手指的玻璃碗還大。月亮升得更高了，在長島的海面上映成一座三角形的銀色天秤，隨著庭院裡鏗鏘清亮的斑鳩琴聲微微顫動。

我依然跟裘丹在一起。現在跟我們同桌的是一位年紀與我相仿的男士，和一個只要受到一丁點刺激就會無法控制狂笑不已的聒噪小女孩。我現在感覺很愉快。我已經喝了兩大碗的香檳，眼前所見的景象也轉變為某種涉及人生基本意義、深奧而重要的事物。

「您看起來很面熟，」同桌的男士很有禮貌地開口了，「戰爭的時候您是不是在第三師？」

「你怎麼知道。是的，我在第九機槍營。」

「我是第七步兵團的，一直待到一九一八年六月。我就知道我以前在什麼地方見過您。」

我們聊了一下在法國幾個潮濕灰暗小村莊打仗的回憶。他顯然就住在附近，因為他說他剛買了一架水上飛機，正準備在明早試試。

「老兄，想不想跟我一起去呢？就只是沿著海灣在岸邊附近飛一下。」

「幾點鐘呢？」

「幾點都可以，看你什麼時候最方便。」

我正要問他的名字，話都到嘴邊了，只見裘丹轉過頭對我笑了一下。

「現在覺得派對好玩了嗎？」她問。

「好玩多了。」我又轉過頭去對著剛剛新認識的朋友說，「這個派對眞的很特別。我和派對的主人甚至連見都沒見過。我就住在那邊……」我舉起手朝遠處看不見的圍欄那邊比劃了一下，「而這個叫蓋茲比的人派他的司機送了一張邀請函過來。」

他看著我好一陣子，好像不懂我在說什麼。

「我就是蓋茲比啊。」他忽然說。

「什麼？」我大喊一聲，「啊，眞是不好意思。」

「老兄，我還以爲你知道我是誰，我想我這個派對主人可能不夠稱職。」

他露出體貼的笑容，不，應該說是體貼入微的笑容。這種笑容的特點是永遠讓人感到很安心，而且非常少見，你一輩子也許只看過四五次。這樣的笑，在那短短一瞬間是（或者說像是）朝著整個外在世界而笑，但隨即因抵擋不住對你的偏愛而將笑容集中回到你身上。這樣的笑容讓你有種被了解的感覺，了解的程度正是你想要的那麼恰到好處；這樣的笑容讓你有種被相信的感覺，就像你相信自己那樣；而且這樣的笑容讓你很確信，你給別人的印象正是你所希望能表現出來的最好一面。就在這個時候，他收起了笑容，我眼中看到的是一名舉止優雅、活像個年輕礦工的男子，年紀大約三十一二，談吐極爲溫文有禮，並已然近乎拘謹可笑。在他介紹自己之前，我就強烈地感覺到他說話時用字非常小心。

幾乎就在蓋茲比先生透露身分的同時，一名管家匆匆過來通知蓋茲比，芝加哥那邊打電話找他。他起身告退，一一向我們在場眾人微微欠身。

「老兄，如果你需要什麼儘管說，」他很誠懇地說，「很抱歉，我等一下再回來。」

他一走，我立刻轉頭看著裘丹，內心的驚訝逼得我急於向她求證。我一直以爲蓋茲比先生應該是個紅光滿面、身材發福的中年男子。

「他是誰？」我直接了當地問，「妳知道嗎？」

「就是一個叫蓋茲比的人啊。」

「我的意思是，他是打哪裡來的？又是從事哪方面的工作？」

「這個話題可是你自己起的頭喔，」她回答時，臉上帶著蒼白的微笑，「這個……有一次他告訴我，他唸過牛津大學。」

他的背景開始隱隱成形，但是她下一句話又讓它煙消雲散。

「只是，我不相信他的話。」

「爲什麼不相信？」

「我不知道，」她很堅持自己的想法，「我只是不認爲他去過那裡。」

她說話時，語調裡的某些東西會讓我想到其他女孩說「我想他殺過人」時的口氣，這也激起了我的好奇心。如果我聽到的是蓋茲比崛起於路易西安那的沼澤或是發跡於紐約的下東城，我一定毫無疑問地接受這個說法，因爲那是很容易理解的。但是就我狹隘不足的社會經驗判斷，一個年輕的男人不可能，我相信不可能，如此瀟灑地憑空出現，如此輕易地買下長島海灣的豪宅。

「反正他會辦大型派對，」裘丹不喜歡多談實際的話題，從容不迫地轉換了過去，「而且我喜歡大派對，因爲舒服自在。在小派對裡面一點隱私都沒有。」

一陣密集低沉的鼓聲之後，樂隊指揮說話的聲音突然響起，蓋過了花園裡眾人不斷往復交談的無意義對話聲。

「各位女士，各位先生，」他大喊，「在蓋茲比先生的要求下，我們將爲您演奏瓦迪米爾．托斯托夫先生的最新作品，這首曲子去年五月在卡內基廳演奏時受到極大的關注。如果您讀了報紙，您就會很清楚那時造成多大的轟動。」說完，他的臉上露出驕傲的微笑，隨即又補上一句「眞的很轟動！」眾人聽了全都哈哈大笑。

「這首曲子名爲——」他聲音宏亮，爲這段介紹作結，「瓦迪米爾．托斯托夫的〈世界爵士歷史〉⑤。」

托斯托夫的曲子做得怎麼樣我不太清楚，因爲演奏一開始，我的目光就落在蓋茲比身上，他獨自站在大理石臺階上，帶著滿意的眼神一一看著參加派對的人群。他那曬成古銅色的臉龐非常緊實，散發出迷人的風采，他的短髮看起來似乎每天都經過細心修剪。從他的身上，我看不到任何罪惡。我在想是不是因爲他不喝酒，才使他能自外於參加派對的賓客；我總覺得似乎眾人越是狂歡作樂，他就越是謹守禮儀。〈世界爵士歷史〉演奏完畢，女孩們像小狗一樣，愉快地將頭倚在男士的肩上，或是如癡如醉地笑倒在男士的臂彎裡，甚至倒向一整群人，因爲自然會有人把她們接住。但是沒有人倒在蓋茲比的懷裡，沒有頂著法式短髮的女郎倚在他的肩頭，也沒有四重唱哼著歌曲來找蓋茲比同聲歡唱。

「很抱歉打擾您。」

蓋茲比的管家突然站在我們旁邊。

「貝克小姐？」他以詢問的口吻說，「很抱歉打擾您的雅興，不過蓋茲比先生希望能與您單獨談談。」

「跟我？」她驚呼一聲。

「是的，貝克小姐。」

她緩緩起身，驚訝地朝我揚了揚眉毛，隨後跟著管家進了屋子。我注意到她穿著晚禮服，只是她不管穿什麼禮服都像運動服，她走路的姿態裡有一股活潑快樂，彷彿她頭一回學走路就是在一個清新涼爽的早晨，在青翠的高爾夫球場上學的。

只剩下我一人，時間已近凌晨兩點。一間自豪宅上方伸出、有著許多窗戶的長型房間，不時隱隱傳來騷動鼓譟的聲音。先前陪伴裘丹的那個大學生，現在正忙著和兩名合唱團女孩討論女性產科話題，不時哀求我幫腔一下，我則把他丟著，自己走進屋子。

大房間裡滿滿都是人。不久前照過面的其中一名黃洋裝女孩正在彈鋼琴，旁邊站著一名身材高䠷、一頭紅髮的年輕女士，來自某個知名合唱團的她正在演唱。她已經喝了不少香檳，演唱時自作主張地把歌曲詮釋得哀痛欲絕，她不只是唱，而是一面唱一面啜泣。只要是曲子當中沒有歌詞的部分，她就以抽抽噎噎的嗚咽取代，到了歌唱的部分又用顫抖的女高音把歌詞接上。眼淚流下了她的臉頰，不過不能說是淚落如雨，因爲淚水碰到睫毛上厚厚一層睫毛膏，染得墨水似的，繼續流淌下來便成了兩條蜿蜒的黑色小河。有人風趣地說，她唱的是臉上那張五線譜，結果她手一揮，往椅子上一坐，醉得呼呼大睡去了。

「她跟一個自稱是她丈夫的人吵架了。」抵在我手肘上的一個女孩幫忙解釋。

我看看四周。大部分還留在這裡的女人，都在跟那些自稱是她們丈夫的人吵架。即使是在裘丹的派對小圈圈那邊，幾個從東蛋來的你搭我唱活像四重奏的朋友，現在也因意見不合而四分五裂。有個男人興致勃勃地跟一名年輕女演員聊得起勁，他太太一開始還能保持風度一笑置之，當作什麼都沒看到，但是後來整個暴走，直接撲上去又捶又打，不時從他身旁猛一下冒出來，活像條發火的響尾蛇一臉凶惡，朝他耳邊嘶嘶吐信，「你答應過我的！」

流連忘返不肯回家的，不只是那些任性得有如脫韁野馬的男人。大廳裡現在正有兩對夫婦，丈夫雖然很清醒，但一臉悲情，他們的太太則是忿忿不平。兩位太太正在互相訴苦，說話的音量略顯大聲了些。

「反正啊，他一看到我玩得很開心，他就說要回家。」

「我從來沒有聽過這麼自私的事情。」

「我們永遠是最早離開派對的。」

「我們也是啊。」

「這個嘛，我們今天晚上差不多是最晚走的，」其中一個丈夫怯怯地說，「樂隊早在半小時前就走了。」

儘管兩位太太都認定這種叫她們提早離開派對的行爲非常可惡，完全無法接受，這場爭執仍舊在一陣短暫拉扯中結束，兩位又踢又打的太太被架著消失在夜色中。

我在大廳等著帽子送來。藏書室的門打開了，裘丹．貝克和蓋茲比一起走出來。蓋茲比還在和裘丹說著最後幾句話，許多人一擁而上向他道別，他原先說話時那副急切模樣猛然一收，又變回平常的溫文拘謹。

裘丹的派對小圈圈朋友從陽臺那邊不耐地叫她回去，但是她停留了一下，和我握手道別。

「我剛剛聽到一件好神奇的事情。」她低聲地說，「我們在裡面待了多久？」

「怎麼了，大概一小時左右吧。」

「就是……就是很神奇，」她心神不定地重複著，「不過我發誓不會說出來，現在只是戲弄你一下。」她朝著我的臉優雅地打了個哈欠，「有空來找我吧……就找電話簿……找西葛妮・霍華德太太就行……是我的姑姑啦……」她一面說話一面急急往前走，回到門邊屬於她的小圈圈裡，褐色的手在空中輕快一揮向我示意告別。

第一次來參加派對就待到這麼晚實在很不好意思，所以我混在最後一批圍繞著蓋茲比的賓客中。我想解釋一下，其實傍晚的時候我就找過他，想向他致意；也想向他說聲抱歉，因爲在花園裡見到他卻不認識。

「不用太在意的，」他誠摯地叮嚀我，「老兄，眞的不必想太多。」他用手安慰地拍著我的肩膀，這比那些聽慣了的客套話更讓人感到親切，「還有，別忘了啊，我們明天早上九點鐘要去飛水上飛機。」

接著管家來到他的背後。

「主人，費城來電等著您。」

「好的，等一下。告訴他們我馬上來……晚安。」

「晚安。」

「晚安。」他帶著微笑。突然之間，能做爲最後一個離開的人似乎成了一件愉悅又有意義的事，就好像這一切都是他的精心安排，「晚安，老兄……晚安。」

不過當我走下臺階，眼前的景象告訴我這個夜晚還沒有完全結束。離門口五十呎的地方，一大堆車頭燈照亮著一個奇特又混亂的場景。路旁的水溝裡卡著一部全新的雙門轎車，車子雖然沒有翻覆，但有一個輪子像被狠狠地削了下來，而這部車兩分鐘前才剛離開蓋茲比家的車道。牆面有個尖銳的突出，輪子就是撞上這裡才飛掉的，六名好奇的司機正愼重其事地研究事故現場。只是他們人下了車，車子卻擋住了路，結果後面的車不斷地按喇叭，發出刺耳難聽的噪音，讓已經很吵雜的場面更添混亂。

一名身穿長風衣的男人從撞壞的車子裡出來，他站在路中間，眼睛看著車，先往下注視著輪胎，再抬起頭望著旁觀的人，臉上呆笑著，有點茫然。

「看！」他試著解釋，「車子進水溝了。」

這件車禍聽起來眞的很讓他震驚，我先認出了那個很特別的驚訝口氣，接著才注意到人，原來是在蓋茲比藏書室裡的那位賓客。

「怎麼發生的？」

他聳聳肩。

「對於機械方面的事，我是一竅不通。」他很果斷地說。

「但是事情是怎麼發生的？你開車撞牆嗎？」

「別問我，」帶著貓頭鷹眼鏡的他只想把所有事情推得一乾二淨，「開車我只懂一點點，幾乎算是完全不懂啊。反正事情就是發生了，我知道的就是這樣。」

「這樣的話，如果你不太會開車，應該盡量別在晚上開車才是。」

「可是我根本沒開，」他非常忿忿不平，「根本沒開啊。」

旁觀的人全都靜下來，面面相覷。

「你想自殺嗎？」

「你的運氣好，只撞壞一個輪子！車開得不好，還說自己根本沒開！」

「你沒有弄懂，」肇事的他繼續解釋，「開車的人不是我。車裡還有另外一個人。」

他這話一說，眾人大吃一驚，「啊……喔……咦！」的聲音持續了好一會兒，轎車車門這時才緩緩打開。圍觀的人層層疊疊，但此時大家全都不由自主後退三步，等到車門大開，卻好一陣毫無動靜，氣氛恐怖緊張到了極點。接著，非常緩慢地，身體一部分一部分慢慢出現——一個臉色蒼白、站都站不穩的人從車子裡出來，下車之前還先疑惑地伸出一隻穿著跳舞皮鞋的大腳，在地上試探性地踩了幾下。

亮晃晃的車燈照得他什麼都看不見，四周吵得不停的喇叭聲讓他一頭霧水，這個跟鬼沒兩樣的人搖搖晃晃地站了一會兒，才發現穿風衣的同伴在旁邊。

「怎麼了？」他很鎮靜地問，「我們沒有油了嗎？」

「看那邊！」

一堆手朝那個切下來的輪胎指指點點，他看著那個輪胎好一陣，接著抬頭往上看，好像在懷疑這個輪胎是從天上掉下來的。

「輪胎掉下來了。」有人開口說明情況。

他點點頭。

「一開始我沒注意到我們停下來了。」

他停頓了一下。然後，又深吸了一口氣，抬頭挺胸堅定地說：

「有沒有人可以告訴我……加油站在哪裡？」

有一大堆人（當中有些人只比他清醒一點）全都試著解釋給他聽——輪胎和車子已經分離，沒辦法接在一起了。

「倒車，」過了一會兒，他還是打算要開車，「換到倒車檔。」

「可是『輪子』已經掉了啊！」

他猶豫了。

「試一下又不會怎麼樣。」他說。

鼓譟抗議的喇叭聲越來越大，我轉過身，越過草地，朝著家的方向走。我回頭看了一下。月亮像一只明亮動人的大圓盤掛在蓋茲比的豪宅上，讓這個夜晚美好依舊，他的花園仍然燈火輝煌，只是笑聲和音樂都已消逝。突如其來的空虛彷彿從一扇扇窗戶和巨大的門扉流瀉而出，更顯得站在陽臺上的蓋茲比形單影隻，他的手停在空中，做著標準的告別手勢。

寫到此處再重讀一次，我看得出這會給人一種印象——這相隔數週的三個夜晚所發生的事，已然占據了我全部心思。事實上相反，它們不過是這熱鬧夏天裡幾件稀鬆平常的插曲，要到很後來我才能感覺到它們對我的深遠影響，那時我主要忙的還是自己的事。

大部分的時間我都在工作。一大早，太陽將我的影子投向西方，紐約下城摩天大樓之間的街道就像一道道深邃的白色裂縫，我在當中疾行，到誠實信託公司上班。公司裡的職員和年輕的債券業務員我都認識，平常以名字相稱，我常常跟他們一起到昏暗擁擠的餐廳吃午飯，點的多半都是豬肉小香腸、馬鈴薯泥和咖啡。我甚至和其中一個女孩有過一段短暫的戀情，她住在澤西市，是會計部門的職員，只是她的哥哥每次看到我就目露凶光，所以她七月去度假的時候，我就讓這段戀曲靜靜地畫下句點。

我通常在耶魯校友會吃晚餐，不知道爲什麼，這是我一天裡最鬱悶的事情；吃完飯我會到圖書館去，花一個小時認眞研讀投資和證券交易相關的書籍。通常校友會都會有一些愛找麻煩的傢伙，不過他們一向不會進圖書館，所以這是個念書工作的好地點。唸完書，如果夜色正美，我便沿著麥迪遜大道散步，經過老式的莫瑞山酒店，越過三十三街，來到賓州車站。

我開始喜歡上紐約，這裡的夜晚有股活力，有種冒險的感覺，男男女女大小汽車來來往往，讓人有種目不暇給的滿足感。我喜歡走在第五大道上，從人群裡挑幾個美麗浪漫的女人，想像著再過幾分鐘我即將和她的生命發生交集，沒有人會知道或是反對。有的時候我會想像，我跟著她們來到不知名的街角公寓，她們轉過身來對我淺淺一笑，接著隱沒在門後那片溫暖的陰影中。在大都市魔幻的黃昏時光，有時我會感到一股揮之不去的寂寞，而且從別人身上也感覺得到。像是年輕的辦公室職員可憐兮兮地在櫥窗外遊蕩，等著餐廳開門，只為吃頓單人晚餐。傍晚時分的年輕上班族，正在浪費夜晚和生命裡最精彩的時刻。

又是晚上八點鐘了，四十幾街那幾條漆黑的路上停滿了蓄勢待發的計程車，他們正載客前往劇院區大賺一筆，令我感覺有點落寞。看著等待前進的計程車裡相互依偎的身影，車室中不時傳來唱歌的聲音，雖然聽不見他們說了什麼笑話，笑聲倒是傳得很遠，燃著的香菸紅光模糊地勾勒出他們比手畫腳的樣子。我也想像著自己興高采烈地和他們一塊兒親密開懷大笑的情景，但我只在心裡祝福他們幸福快樂。

我有一陣子沒和裘丹．貝克見面，夏天過了一半左右，我才又找到她。一開始我很樂意和她東奔西跑，因為她是高爾夫球冠軍，每個人都認識她。原因還不只於此。我並不算眞的愛上她，但是我對她起了某種微妙的好奇心。她面對外界時，那張凡事索然無味的傲慢臉孔底下掩飾了某些東西，大多數的裝模作樣必然是爲了隱藏些什麼，即使一開始並非如此。有一天，我發現了她想隱藏的事是什麼。我們一起去渥維克參加一場家庭派對，她把借來的車子丟在大雨裡，車篷也沒拉起來，事後卻說謊加以掩飾，讓我突然想起在黛西家初次見面的那天晚上，我一直想不起來的那個關於她的傳言——在她第一次參加大型高爾夫球錦標賽時，有件事情幾乎上了報紙。有人認爲她在準決賽裡作弊，移動了自己的球。這件事鬧到近乎運動醜聞的地步，後來卻不了了之。原因是桿弟撤銷了他的證詞，另外唯一一個證人也承認自己也許看錯了。但這件事情和當事人的名字一直留在我的腦海裡。

裘丹・貝克直覺地避免和聰明機伶的男人往來。現在我了解，那是因爲她覺得和一些只會乖乖遵守規範、不會逾矩的人相處比較安全。她的欺騙虛僞是無可救藥的。她沒有辦法忍受自己居於下風，因爲不甘心。我想她從小就會找藉口，爲的就是在面對外界時保持臉上冷漠高傲的笑容，甚至能讓她的身體刻意散發出一股活潑氣息。

對我來說那沒有什麼。千萬別去苛責女人的不誠實，我只是有點遺憾，後來也就忘了。在家庭派對那天，我們有一段奇特的對話，是跟開車有關的。一開始是因爲她開車時掃過路旁的幾個工人，她挨得太近，車子側面的擋板竟然掃到一個男人的外套鈕扣。

「妳的車開得眞爛，」我大聲抗議，「妳要不就小心點，要不就別開車。」

「我很小心啊。」

「哪有，妳才沒有。」

「反正，別人會小心的。」她輕鬆地說。

「這跟別人開車小不小心有什麼關係？」

「他們看到我就會閃得遠遠的，」她很堅持，「要有兩部車才會發生車禍。」

「妳可能會碰到跟妳一樣不小心的人。」

「我希望我永遠不會碰到。」她這樣回答，「我痛恨散漫的人，所以我才喜歡你。」

她直直地看著前方，灰色的眼睛被陽光逼得只能瞇著，但她已經有意地改變了我們的關係，在那個當下，我以爲我是愛她的。不過我是個遲鈍的人，心裡有一大堆規則，作用就像煞車一樣，抵擋著內心的慾望。我也很清楚，首先要做的該是下定決心擺脫家鄉的那個牽絆。我每個禮拜都固定寫一封信回去，末尾還署名「愛你的尼克」，可是我腦袋裡卻只想到那個女孩打網球時，嘴唇上面那排鬍子似的汗珠是怎麼來的。不管怎樣，我必須很有技巧地結束這段曖昧關係才能恢復自由身。

每個人都覺得自己至少有一項與人類生活密切聯繫的美德，在我身上的應該是誠實，因爲我認識的人裡面，誠實的人很少，而我自己就是其中之一。

譯註：

①喬·佛里斯科（Joe Frisco，一八八九～一九五八）是美國的雜耍表演者和喜劇演員，並以爵士舞者的身分在舞台上成名。由於佛里斯科當年的爵士舞極為出名，因此費茲傑羅在文中提到了他的名字。

②姬爾達·格雷（Gilda Gray，一九〇一～一九五九）是波蘭裔的美國默劇演員和舞者，因發明肚皮舞（Shimmy）而聲名大噪。由她主演的百老匯名劇《滑稽搞笑》（The Follies，全名為The Ziegfeld Follies），一九〇七年～一九三一年於紐約公演，一九三二年～一九三六年則是以廣播劇的形式播出。

③《史托達文集》（John L. Stoddard's Lectures）由約翰·羅森·史托達（John Lawson Stoddard，一八五〇～一九三一）所著，他將個人旅遊經驗以照片解說的方式定期發表出書，最後集結成一套十卷外加五卷附錄的巨著。書的內容涵蓋了藝術、建築、考古和自然歷史等等不一。

④大衛·貝拉斯哥（David Belasco，一八五三～一九三一）為美國知名的百老匯劇場製作人、經理、導演和劇作家。

⑤瓦迪米爾·托斯托夫的〈世界爵士歷史〉：這是一首虛構的曲目，費茲傑羅用這首曲子開了海明威一個玩笑，主要是諷刺爵士音樂在一九二〇年代自認為是古典音樂的最大對手。

第四章

星期天的早晨，沿岸的村莊迴響著教堂的鐘聲，世上的男男女女也回到蓋茲比的豪宅，在他的庭院裡神采奕奕地有說有笑。

「他是賣私酒的，」這位年輕的女士說話時走來走去，喝的是蓋茲比的雞尾酒，賞的是蓋茲比的花，「有一次啊，他殺掉一個人，因爲啊，這個人發現他蓋茲比就是興登堡元帥①的姪子，也是魔鬼的遠房表弟。哦，寶貝，幫我摘朵玫瑰來，順便再幫我倒一點酒在那邊，喏，就那個水晶玻璃杯裡。」

有一次，我在一張火車時刻表的空白處，寫下那年夏天造訪過蓋茲比豪宅派對的有哪些人。現在再拿起來看，已經非常破舊了，摺線的地方幾乎要斷成兩截，最上面印著「本時刻表自一九二二年七月五日起生效」，不過那些褪成灰色的名字還是不難辨認，比起我的籠統描述，這應該能給你比較清晰的概念——到底是哪些人受到了蓋茲比的熱情款待，卻對他一無所知，而且彷彿只能以

「一無所知」微薄地回報他。

那麼就從東蛋開始說起吧，來的有崔斯特・貝克夫婦，里奇夫婦，和我在耶魯的時候就認識、一個名叫邦森的人，還有去年夏天在緬因州淹死的韋布斯特・希維特醫生。霍恩賓夫婦和威利・伏爾泰夫婦也來了，有一個布萊克巴克家族是全員出動，他們老是聚在角落，只要有人接近就鼻子一揚，擺出一副不屑的神情，跟山羊沒兩樣。還有伊斯梅夫婦和克里斯提夫婦（其實來的是胡伯特・奧爾巴哈和克里斯提夫人），以及艾德加・比佛，據說某個冬日午後，他的頭髮莫名其妙地一下子全白了。

我記得克拉倫斯・恩戴夫也是從東蛋來的。他只來過一次，穿著白色的燈籠褲，還跟一個名叫艾提的無賴在花園裡打了起來。奇鐸夫婦和史瑞德夫婦是從長島比較遠的地方來的，另外史東沃・傑克森・亞伯拉姆夫婦則來自喬治亞州，此外還有費雪嘉德夫婦和雷普利・史奈爾夫婦。史奈爾在入獄服刑的前三天都待在這裡，他醉得不醒人事，倒在碎石車道上，結果尤里西斯・史威特太太的車子就從他的右手輾了過去。丹西夫婦也來了，還有年過六十、身子依然硬朗的懷特貝特，另外毛利斯・佛林克和漢姆海德夫婦，以及菸草進口商貝魯嘉和他的女兒也是座上嘉賓。

從西蛋來的有波爾夫婦和茅瑞迪夫婦，西席兒・羅拔克和西席兒・修恩，州參議員古力克，「超群電影公司」的大老闆牛頓・歐奇，艾克霍斯特和克萊德・柯恩，唐・舒瓦茲（是兒子，不是老爸），以及亞瑟・麥卡地，這些人或多或少都跟電影業有關。凱利波夫婦和班伯格夫婦也來了，還有艾爾・莫頓，他的哥哥後來勒死了自己的太太。常常贊助大小活動的達・方塔諾，愛德・勒果斯，連假酒都能喝的「爛酒蟲」詹姆斯・費瑞特，以及迪・鍾斯夫婦和恩斯特・里利都不會錯過蓋茲比的派對，他們主要是來賭博的，只要看到費瑞特在花園裡面閒逛，那就表示他已經輸光了，隔天「聯合拖車公司」的股票就會跟著大漲。

一個名叫克里波斯賓格的人常常來，而且一來就會待很久，大家後來都稱他爲「房客」，我總想他是不是眞的無家可歸。和劇場表演相關的人有高斯・懷茲，何瑞斯・歐唐納文，萊斯特・梅耶，喬治・達克維和法蘭西斯・布爾。還有從紐約來的克羅姆夫婦，貝克海森夫婦，丹尼克夫婦，羅素・貝提，柯瑞根夫婦，凱勒赫夫婦，迪瓦夫婦，史古力夫婦和貝曲・史莫克夫婦，還有當時很年輕、現在已經離婚的昆恩夫婦，以及後來在時代廣場朝地鐵列車縱身一跳、以此了結一生的亨利・帕梅多。

貝尼・麥克雷納漢總是帶著四個女孩一起來。這四個女孩的個子有高有矮，長得卻都是一個樣，難免會感覺她們之前就來過了。我已經記不得她們的名字，我想有一個是賈桂琳吧，或是康蘇拉或是葛羅莉亞，還是茱迪或是珍，她們的姓氏要不就是念起來像旋律美妙的花名或月份名，要不就是美國某某財力雄厚的大資本家，如果追問下去，他們才會坦承自己是哪個大富翁的表親。

除了前面提到的這些人，我還記得佛斯提娜・歐布萊恩至少來過一次，還有貝德克家的女孩，以及年輕的布魯爾，他的鼻子在打仗的時候不幸中彈飛掉了。阿布魯克斯伯格先生和他的未婚妻海格小姐，阿蒂塔・費茲彼得夫婦，以及曾擔任美國退伍軍人協會主席的傑維特先生都來過。克勞蒂亞・西普小姐會和男伴一起出席，不過大家說這個人只是她的司機；還有一個不知道哪裡來的王子，大家都叫他公爵，我以前可能知道他的名字，現在已經忘了。

這些人全都在這個夏天來到蓋茲比家參加派對。

七月底某個早晨九點鐘，蓋茲比氣派豪華的房車緩緩搖晃著，開上崎嶇難行的車道來到我家門口，悅耳的喇叭聲有著三個音階的高低變化。這是他第一次來找我，儘管我已經參加過兩次他的派對，也搭了水上飛機，還在盛情邀請下常常到他的沙灘上活動。

「早安啊，老兄。我們今天要一起吃午飯，我想我們就開車到城裡去吧。」

說話時，他站在車子側面的擋泥板上，保持著平衡，這種表現出自己成竹在胸的動作是美國人獨有的，我想這是因為年輕的時候很少搬重物或是規規矩矩地坐著，更有可能的是我們身邊的運動比賽總是讓人神經緊張、情緒起起落落，卻又有一種無形的從容。他的這項特質，從他平常拘謹守禮的舉止中，時不時會以躁動不安的方式流露出來。他這個人從來沒有眞的靜下來過，腳總是會在某個地方點著晃著，或是不耐地反覆握起拳又張開手。

他注意到我一臉欣羨地看著他的車。

「老兄，這部車很漂亮，是吧？」他跳開好讓我看清楚，「你之前有沒有看過這部車？」

我當然看過。每個人都看過。車身是豐潤的乳白色，鎳製的金屬配件閃閃發亮，長得超乎想像的車室裡到處都有突出來的盒子，有的用來擱帽子，有的拿來裝晚餐，還有置放工具專用；前方層層疊疊的擋風玻璃宛若迷陣，太陽也隨之幻化成無數個，映得燦爛奪目。在這一片片玻璃後面的我們，就像坐在一個伺候著皮座椅的溫室中，朝著城裡前進。

過去這一個月來，我跟他聊了不下五六次，我失望地發現，他其實沒有什麼特別。一開始覺得他應該是某種我不太了解的重要人物，但如今這個印象已經逐漸淡去，現在的他只不過是隔壁豪華大酒店的老闆。

但這趟進城，卻讓我開始質疑自己的想法。我們都還沒進入西蛋村，原本說話文雅的他便開始吞吞吐吐，不時拍著自己淺棕色西裝褲的膝蓋，一副猶豫不定的樣子。

「說眞的，老兄，」他突然開口，嚇了我一大跳，「不管是好是壞，你對我這個人有什麼看法呢？」

這個問題有些出人意表，我以一般應付這類問題的籠統答案來回答。

「嗯，我想把我過去的人生告訴你，」他打斷我的話，「我不希望你從那些聽來的故事裡得到錯誤的印象。」

他其實對大廳裡面那些加油添醋、亂七八糟的傳言清楚得很。

「我告訴你的事情絕對是眞實的，」他忽然舉起右手來，像是要發下神聖的誓言，「我出生在中西部某個富有的家族，現在只剩下我一個人，其他人都過世了。我在美國長大，卻在牛津接受教育，因爲長年來我的先人都是在那裡念書。這是家族傳統。」

他偏著頭看我，現在我知道爲什麼裘丹・貝克覺得他在說謊了。他說「在牛津接受教育」時說時很倉促，有點像把話吞下去或是被話嗆到，似乎說這句話的時候讓他很不舒服。有了這層疑慮，他剛剛說的話是眞是假全都出了問題，我開始懷疑他是不是眞的做過什麼壞事。

「是中西部的什麼地方呢？」我隨口一問。

「舊金山②。」

「原來是那裡。」

「我的家人都過世了，因此我繼承了一大筆錢。」

他的聲音嚴肅莊重，彷彿他仍不時會想起這段一下子失去整個家族的回憶。我一時懷疑他只不過是在愚弄我，但是看了他一眼又讓我相信並非如此。

「之後我的生活就像一個年輕的貴公子，周遊在歐洲各大城市之間，像是巴黎、威尼斯和羅馬。我收集珠寶，主要是紅寶石，找一些大型動物來打獵，也畫了一些畫，總之就是做些自己想做的事情，也想藉此忘掉很久以前一段讓我非常傷心的往事。」

這樣俗套的「眞心話」讓人不得不起疑，我得強自忍耐才沒有笑出來。我的腦袋裡只出現了一個畫面——一個包著頭巾、塡飽木屑的「玩偶」在布隆公園裡面追著一隻老虎，一面跑著，木屑就從身上的每個孔洞一路掉下來。

「接著就開始打仗了，老兄。那眞是輕鬆多了，我竭盡全力奮勇殺敵，只求一死，但是我似乎命不該絕。開戰的時候我的軍階是中尉。在亞貢森林裡，我帶著兩個機槍分隊一直深入敵陣，左右兩邊各有半哩的距離毫無掩護，步兵也無法前進。我們一百三十個人加上十六挺路易斯式輕機槍在那裡守了兩天兩夜，等到步兵最後終於趕上，他們在堆積如山的屍體裡發現三枚德國軍官的徽章。我被升爲少校，每一個同盟國政府都頒贈勛章給我，甚至連蒙特內哥羅都有，亞得里亞海邊那個小小的蒙特內哥羅啊！眞是沒想到！」

小小的蒙特內哥羅！他說到蒙特內哥羅的時候提高了聲調，帶著微笑輕輕地點點頭，像是在感謝他們。從這個微笑看得出來，他了解蒙特內哥羅充滿創傷紛擾的歷史，也對於蒙特內哥羅人民英勇的抗爭深表同情。這個笑容表達了他由衷感謝蒙特內哥羅全國各地一連串熱烈的回應，以及這枚出於民眾小小溫暖心意的徽章。聽到這裡，我已經沉迷於腦中一幕幕精彩的畫面，原先的疑惑一掃而空，感覺就像一口氣急匆匆看完十幾本雜誌一樣。

他伸手到口袋裡拿出一塊金屬，上頭繫了條緞帶，交到我的手上。

「這就是蒙特內哥羅頒贈的勛章。」

我驚訝地發現，這個東西是眞的。

「丹尼羅勛章，」上頭刻著一圈文字，「蒙特內哥羅國王尼可拉斯。」

「翻到背面看看。」

「傑・蓋茲比少校，」我唸著，「英勇過人。」

「這裡還有另外一樣我總是帶在身邊的東西。一個牛津時期的紀念，是在三一學院裡面拍的，我左邊那個人現在已經是多卡斯特伯爵了。」

那是一張照片，裡面有六個年輕人，穿著上頭繡著學校徽章的夾克，三三兩兩地站在一道拱門裡，背後可以看到許多哥德式尖塔建築。照片裡的蓋茲比看起來有點年輕，但是和現在差別也不大，手上拿著一根板球球棒。

那麼，他說的一切都是眞的。我的腦海中，看見了他在威尼斯大運河旁的豪宅牆上掛著華麗的老虎毛皮，也看著他打開一箱紅寶石，從幽幽閃動的深紅色光芒當中，爲他那飽受折磨的破碎內心尋求慰藉。

「我今天有一件重要的事要麻煩你幫忙，」他一面說話，一面愉快地拍拍口袋裡的紀念物，「所以我想應該讓你知道一些我的過去。我不希望你認爲我只是某個沒沒無名的傢伙。你看得出來，通常我的身邊都是陌生人，因爲我四處飄蕩，只爲了忘記那件傷心事。」他猶豫了一下，「今天下午你就會聽到這件事情。」

「吃午飯的時候嗎？」

「不，是今天下午。我碰巧知道你約了貝克小姐去喝茶。」

「你是說，你愛上貝克小姐了嗎？」

「不是的，老兄，我沒有愛上她。但貝克小姐很體貼地希望由她來告訴你這件事情。」

「這件事情」到底是什麼，我一點頭緒也沒有，但是我心裡的不舒服更甚於對這件事情的興趣。我並不是爲了聊蓋茲比的事情而找裘丹出來喝茶。我很確定他要找我幫的忙一定是某種異想天開的事，在那個當下，我有點後悔自己曾經造訪過那個人滿爲患的庭院。

他不肯再透露一字一句。我們越接近城市，他的言談舉止就越顯端正守禮。我們經過羅斯福港，許多漆上一圈紅的遠洋船隻在眼前一閃而過。接著來到一個到處是拼湊修補痕跡的貧民窟，兩旁是昏暗而嘈雜的酒吧，外頭的金色裝飾自十九世紀到現在已然褪色。再往前去，垃圾谷在我們兩旁展開，我們經過修車行時，一眼瞄到威爾森太太正嬌喘著氣、但卻活力四射地幫客人加油。

我們飛快地前進，側面的擋板彷彿翅膀一樣張開，我們像一隻大鳥，把光散布到半個阿斯托利亞，只有半個，因爲當我們左彎右拐過了高架鐵路下的支架，我聽到熟悉的「鏘鏘……鏘鏘……噗」的摩托車排氣聲，一名氣急敗壞的警察正騎在我們身旁。

「好，馬上就停，老兄。」蓋茲比大聲地說。我們減速停下。

他從皮夾裡抽出一張白色卡片，在警察的眼前晃了晃。

「沒事了，」警察恭敬地扶了扶帽簷向蓋茲比致意，「下回就知道是您了，蓋茲比先生很抱歉打擾您！」

「你剛剛給他看了什麼？」我問他，「牛津那張照片嗎？」

「我曾經幫過警察局長一點小忙，他每年都會寄一張耶誕卡片給我。」

在皇后大橋上，日光穿透鋼製梁柱在奔馳的車輛上不斷閃爍，河對岸那一群群純白的高樓和一塊塊方糖似的建築，都是懷著一顆希望的心、用乾淨不帶腐敗臭味的錢建造起來的。從皇后大橋上看到的城市永遠一如初見，它以這個世上所有的神祕與美，爲你許下第一個狂放不羈的願望。

有具遺體躺在堆滿花朵的靈車裡從我們身旁經過，後面跟了兩部垂著簾幕的車子，再往後則是顏色比較輕鬆的車，裡面坐著喪者的友人。這些友人從車內和我們相望，眼神哀傷，從他們短短的上唇判斷應該是來自東南歐的人。在這個屬於他們的沉鬱肅穆日子裡，有蓋茲比這部亮麗的大車夾在當中，我有一種慶幸的感覺。在我們過了布萊克威爾島的時候，一部禮車超車過去，開車的是一名白人駕駛，裡面坐著三個衣著光鮮亮麗的黑人——兩名紈袴子弟和一個女孩。他們朝我們白了一眼，那種想要一較高下的狂妄，令我不禁哈哈大笑。

「過了這座橋，什麼事都可能發生，」我心裡想著，「不管是什麼事……」

連蓋茲比這樣的人物都出現了，還有什麼好大驚小怪的。

酷熱的中午時分，我和蓋茲比來到四十二街一家風扇全力運轉的地下室餐廳吃午飯。我眨眨眼，抿掉外頭街上的明亮，讓眼睛適應一下這裡的光線，隱約之中，看到他在接待室裡跟另外一個人說話。

「卡拉威先生，這是我的朋友沃夫顯先生。」

一個身材矮小、鼻子塌塌的猶太人抬起他的大頭，用兩個鼻毛生長旺盛的鼻孔對著我。過了一會兒我才在昏暗中看到他的小眼睛。

「……所以我看了他一眼……」沃夫顯先生繼續說著話，一面熱切地和我握手，「……然後你覺得我做了什麼？」

「是什麼呢？」我很有禮貌地回答。

顯然他並不是在對我說話，因爲他放開了我的手，把他那隻表情豐富的鼻子對著蓋茲比。

「我把錢交給凱茲波，然後我說：『好，凱茲波，要是他不閉嘴，一毛錢也不給他。』所以他就閉嘴啦。」

蓋茲比兩隻手臂一邊一個攙著我和沃夫顯進入餐廳，沃夫顯先生剛準備說出口的話硬生生吞了回去，表情一下子恍惚起來，走路的樣子像在夢遊。

「來杯威士忌蘇打？」服務生領班問。

「這是家好餐廳，」沃夫顯先生望著天花板上長老教會風格的仙女圖畫，「可是我更喜歡對街那家。」

「好的，就喝威士忌蘇打，」蓋茲比接受了領班的提議，隨即轉頭對沃夫顯先生說，「那邊太熱了。」

「又熱又窄，是沒錯，」沃夫顯先生說，「但是有很多回憶。」

「對街那家餐廳叫什麼名字?」

「舊城。」

「舊城啊，」沃夫顯先生陷入一股憂傷的沉思，「讓我想起好多以前的老朋友，好多再也見不到的人。我一直忘不了他們在那家餐廳槍殺羅西．羅森索那天晚上。我們一桌六個人，羅西整個晚上都在大吃大喝。一直到天快亮，服務生表情古怪地上前找他，說有人在外面想跟他說話。『好啊。』羅西說完就準備站起來，卻被我一把拉回椅子上，我說：『羅西，他們如果想跟你說什麼，讓他們進來這裡說，你啊，算幫我個忙，別走出這個房間。』」

「那個時候已經凌晨四點鐘了，如果我們把百葉窗拉開，就會看到白天的光線照進來。」

「他去了嗎?」我沒想太多就問了。

「他當然去了，」沃夫顯的鼻子忿忿不平地朝向我，「他走到門邊的時候還轉過身來說：『別讓服務生收走我的咖啡!』然後他走到外面的人行道，他們朝著他吃得飽飽的肚子連開三槍，就開車逃掉了。」

「他們一共四個人都上了電椅。」我想起這件事情了。

「加上貝克一共五個。」他朝著我，鼻孔開闔之間饒富興味，「我聽說，你在找『關係』想要做點生意?」

前後兩句不相干的話讓我一陣錯愕。

蓋茲比幫我接了話。

「喔，不是，」他的聲音有些激動，「那是另外一個人！」

「不是嗎？」沃夫顯先生似乎有些失望。

「這位單純只是朋友。我說過我們改天再談那件事情。」

「眞不好意思，」沃夫顯先生說，「我認錯人了。」

一道美味多汁的肉末馬鈴薯泥上桌了，沃夫顯先生忘掉舊城的感傷氣氛，開始慢條斯理地大快朵頤起來。一邊吃，他的眼睛很慢很慢地把整個餐廳的人瞄過一遍，又轉過身去看一下坐在他背後的人，看完剛好繞了一圈。我心裡想著，要是我不在這裡，他可能連桌子底下都不放過。

「老兄啊，聽我說，」蓋茲比俯身湊過來，「我擔心今天早上在車裡讓你有些不高興。」

「我的確不喜歡把事情弄得神祕兮兮的，」我回答，「而且我也不懂爲什麼你不直接了當把事情說出來，告訴我要幫什麼忙。爲什麼一切事情都得經過貝克小姐呢？」

「喔，其實並不是什麼不正當的事情，」他向我保證，「貝克小姐是一個很棒的運動員，你也知道的，偷偷摸摸的事情她是絕對不做的。」

他突然看了一下錶，人整個跳起來快步走開，留下我跟沃夫顯先生。

「他得去打個電話。」沃夫顯先生說話時，眼睛跟著蓋茲比的背影，「眞是個好人，對不對。長得帥，又是個完美的紳士。」

「是的。」

「他是『紐』津大學畢業的。」

「哦！」

「他讀過英國的紐津大學。你聽過紐津大學嗎？」

「我聽過。」

「那是世界上數一數二的有名大學。」

「你認識蓋茲比很久了嗎？」我問。

「很多年了，」他一臉欣慰，「大戰剛結束的時候，我有幸成爲他的朋友。我跟他聊了一個小時，我知道我找到了一個教養很好的人。我跟自己說：『就是這樣的人，會讓你想帶他回家，介紹給媽媽和妹妹認識。』」他停頓了一下，「我注意到你在看我的袖扣。」

我其實沒有看，不過他一說我倒是眞的觀察了一下。他的袖扣是象牙材質，看起來有一種奇特的熟悉感。

「這是用精挑細選的人類臼齒做的。」他這樣告訴我。

「這樣啊！」我仔細看了一陣，「會想到用臼齒來做袖扣眞有意思。」

「是啊。」他把袖子摺到外套裡面，「對了，蓋茲比碰到女人時很規矩，連朋友的妻子都不會多看一眼。」

讓他不加思索便全心信賴的蓋茲比回來坐定，沃夫顯先生一仰頭，喝光咖啡之後便站了起來。

「我吃了一頓很豐盛的午餐，」他說，「吃完就該走人了，留你們兩個年輕人好好聊一聊，免得待太久讓人討厭了。」

「別急著走，梅耶，」蓋茲比雖然這麼說，語氣裡卻沒有挽留的意思。沃夫顯先生舉起手，比出一個像是祝福的手勢。

「你們都很有禮貌，不過我是屬於另一個世代的人了，」他說得鄭重，「你們坐在這裡，聊聊你們的運動，你們年輕的女朋友，還有你們的……」他手又一揮，讓我們自己去想像他沒說完的是什麼字詞，「至於我呢，我都五十歲了，不想在你們身邊待太久啊。」

我們互相握手道別，他轉過身去的時候，那隻充滿悲劇色彩的鼻子正在顫抖，我在想會不會是我說了什麼話惹他不高興。

「他有時候會比較情緒化，」蓋茲比幫他解釋，「今天就是他比較感傷的日子。他在紐約附近算得上是號人物，在百老匯也很吃得開。」

「他到底是什麼人？演員嗎？」

「不是。」

「牙醫嗎？」

「梅耶・沃夫顯？不，他是個賭徒。」蓋茲比神情木然，猶豫了一下才又繼續說，「他是一九一九年世界大賽打假球作弊事件的主謀③。」

「世界大賽打假球作弊事件？」我喃喃地重複了他的話。光是想到這件事都讓我大吃一驚。我當然記得一九一九年世界大賽打假球作弊的事情，但即使我把整件事徹頭徹尾想一次，我都會認爲這件事早晚要發生，就像一連串不可避免的事件總要有個結束。我從來沒有想過，一個人能夠將五千萬人的信任玩弄於股掌之上，那樣一心一意地只想要錢，不禁讓我想到炸開保險箱的搶匪。

「他怎麼會想做那種事呢？」我過了一會兒才問。

「他只是發現有機可乘。」

「爲什麼他沒有進監獄？」

「他們抓不到他的把柄，老兄。他是個聰明人。」

我堅持由我來買單。服務生把零錢送回來的時候，我剛好看到湯姆．布坎南，他就在對面那間擠滿人的房間裡。

「陪我過去一下，」我說，「我得跟個朋友打聲招呼。」

湯姆看到我們便一躍而起，快步朝著我們走過來。

「你到哪裡去了？」他問得急切，「都沒打電話聯絡，黛西都快氣壞了。」

「布坎南先生，這位是蓋茲比先生。」

他們簡單地握了個手，蓋茲比臉上出現一種很少見到的尷尬緊繃表情。

「你最近到底怎麼回事？」湯姆直接朝著我問。

「你怎麼會跑到這麼遠的地方來吃飯？」

「我跟蓋茲比先生來這裡吃午飯。」

我轉頭找蓋茲比，但是他已經不見了。

當天下午，裘丹・貝克在廣場大飯店的午茶花園裡，直挺挺地坐在一張直挺挺的椅子上說著這段往事——一九一七年十月的某一天，我正要散步到另外一個地方去，有一半的路程是人行道，另外一半則是草地。我比較喜歡走在草地上，因爲我穿了一雙鞋底帶著橡膠軟釘的英國鞋，走在軟軟的地上就會陷進去。我穿著一件新的格子裙，起風的時候微微飄著，所有房子前面那些紅白藍的旗幟也整個張開，看起來鼓得硬邦邦的，不時發出「吐吐……吐吐」的聲音，似乎在說這麼大的風眞是討厭。

其中，庭院最大、旗子也最大的就是黛西・費的家。她只有十八歲，比我大兩歲，也是當時路易斯維爾最受到青睞的年輕女孩。她喜歡穿白色的衣服，有一部白色的敞篷小跑車，家裡的電話一整天都響個不停，一堆來自泰勒營區的年輕軍官興奮熱情地希望爭取和她共度一晚的特權，只是最後都會回歸這樣的對話：「不管怎樣，給我一個小時也好！」

那天早上我從她家後面過來，她的白色跑車就停在路邊，她和一個我從沒見過的中尉軍官坐在車裡。他倆的全副精神心思都在對方身上，我都離他們五呎了，她才看到我。

「哈囉，裘丹，」我沒想到她會叫我，「請過來這裡一下。」

我很高興她想找我說話，因爲比我年紀大的女孩子裡面，我最崇拜她。她問我是不是要去紅十字會製作綳帶。我說是。接著，她問我能不能幫她帶個口信說她今天不能去？黛西說話的時候，那位軍官癡癡地看著她，每個年輕女孩都希望有一天能被這樣的眼神注視。因爲我覺得那個情景好浪漫，所以一直到現在都還記得。那位軍官的名字叫做傑・蓋茲比，接下來我有四年多的時間沒再見到他，即使後來我在長島又碰到，也沒有意識到那是同一個人。

那是一九一七年的事。到了隔年，我自己也有了一些追求者，而且我開始打高爾夫錦標賽，所以就沒有那麼常見到黛西。她如果跟朋友出去，都是找一些年紀較大的朋友。各種跟她有關的奇怪謠言滿天飛，像是她的媽媽怎麼樣在某個冬天的晚上發現，她已經打包好要去紐約，和一個準備出國打仗的士兵道別。她後來被看得死緊，不准亂跑，她也好幾個星期不跟家人說話。這件事情過後，她不再跟士兵出去玩，只會跟一些因爲扁平足或是近視而進不了軍隊的年輕男孩出去。

到了隔天秋天，她的心情又變好了，比以前要好得多。她在停戰之後參加了一場盛大派對，正式進入社交界。二月的時候聽說她跟一個從紐奧良來的人訂了婚。六月時她嫁給芝加哥的湯姆・布坎南，婚禮的規模和排場是路易斯維爾有史以來最盛大的。湯姆帶著四輛私家車，總共一百個人來到路易斯維爾，租下希爾巴大飯店一整層樓，結婚前一天還送了一串價值三十五萬美元的珍珠項鍊給黛西。

我是伴娘，結婚前一天的送別婚宴再過半小時就要開始，我進到她的房間，只見她躺在床上穿著一件碎花洋裝，美得像是六月的夏夜，卻也醉得滿臉通紅，跟隻猴子沒兩樣。她一隻手拿了瓶法國索籐白葡萄酒，另一隻手抓著一封信。

「恭……喜我啊，」她說話咕嚕咕嚕的不太清楚，「以前都不喝酒的，不過，嘻，我現在好……喜歡喝酒喔。」

「黛西，怎麼回事？」

我被嚇到了，老實告訴你，我從來沒看過一個女孩子變成那樣。

「拿去，小寶貝。」她伸手到床邊的一只垃圾桶裡撈來撈去，拉出了一條珍珠項鍊，「拿到樓下去，看是誰的就還給誰。跟他們說，黛西已經改變心意啦，就說：『黛西已經改……變……心……意了！』」

她開始哭，一直哭一直哭。我衝到外面找來她媽媽的傭人，我們把門鎖起來，七手八腳幫她洗了個冷水澡。她緊緊抓著那封信不肯鬆手。她帶著信進了浴缸，結果被她揉成一團濕答答的紙球，她看這封信已經快要碎成雪片了，才肯讓我把信放在肥皂碟裡。

可是她一句話都不肯說。我們讓她聞了一點氨水提神，包了些冰塊敷在前額上，再把她的洋裝套回去，半個小時之後我們走出房間，這場風波就此結束。隔天下午五點鐘，她毫無異樣地嫁給湯姆·布坎南，隨即前往南太平洋旅行了三個月。

他們回來以後，我在聖塔芭芭拉看到他們，我想我從來沒有看過一個女孩對自己的丈夫那樣癡迷依戀。只要他離開房間一下子，她就會心神不寧地四處張望，嘴裡唸著：「湯姆到哪去了？」臉上帶著極度恍惚的表情，直到湯姆回來才放心。她常常在沙灘上一坐便是一個多小時，他把頭枕在她的腿上，她一面用手指輕輕幫他揉著眼睛，一面望著他，臉上有一種難以置信的喜悅。看他們兩個相處的樣子是很讓人感動的，會讓你靜靜地著迷地露出笑容。那是八月份的事情。我離開聖塔芭芭拉之後一個星期，有天晚上湯姆在凡圖拉路④撞上一輛貨車，把車子的前輪撞掉了。跟他同車的女孩因爲手臂斷了，也上了報紙。她是聖塔芭芭拉大飯店裡面打掃房間的清潔女工。

隔年四月，黛西生下一個女兒，他們到法國待了一年。有一年春天我在坎城看到他們，後來又在多維碰到，接著她們回到芝加哥定居。在芝加哥，大家都很喜歡跟黛西在一起，這你是知道的。他們和一群整天吃喝玩樂的人在一起，每一個都是年輕有錢又玩得很瘋的人，可是她在那裡的名聲卻是完美無瑕的。也許是因爲她不喝酒。在一群愛喝酒的人之中不喝酒有很多好處的。你可以保持沉默，不會禍從口出，此外，你眞有任何小小逾矩的事要做也能安排好時間，等到大家喝得醺醺茫茫，他們看不見，也不在乎了。或許黛西根本不是爲了找人談戀愛才跟那群人在一起，只是她說話的聲音裡總是透著某種古怪……

然後呢，大概六個星期之前，她聽到蓋茲比的名字，過了好幾年之後第一次聽到。就是我們初次見面我問你的那次，不知道你還記不記得，我問你認不認識西蛋的蓋茲比。你回家以後，她跑到我的房間裡把我搖醒，問我：「是哪個蓋茲比？」雖然我還半夢半醒的，我還是把蓋茲比的模樣形容給她聽，她便用一種奇怪的聲音說，一定是她以前認識的那個人。那時我才想起這個蓋茲比就是當年在她白色車子裡的那位軍官。

等到裘丹・貝克說完這一切，我們已經離開廣場大飯店半個小時，兩個人搭著一部敞篷馬車穿越中央公園。西沉的太陽已經躲到西五十幾街那些電影明星的公寓後面，草地上一陣清亮的女孩聲音有如蟋蟀聚集起來，在悶熱的暮色中響起一陣歌聲：

我乃阿拉伯的酋長，
妳的愛只屬於我。
夜晚當妳沉沉入睡，
我將悄悄溜進妳的帳篷③。

「這眞是太巧了。」我說。

「但這完全不是巧合。」

「爲什麼不是？」

「蓋茲比會買那棟房子，就是因爲黛西住在小灣的對面。」如此說來，六月的那天晚上，他心裡嚮往的就不只是天上的星星而已了。蓋茲比在我腦海中的模樣一下子有了生氣活力，好比剛誕生嬰兒的那聲啼哭、那張臉孔，原來他一切的鋪張奢華都是有意義的。

「他想知道，」裘丹繼續說，「你是不是能夠找一天下午邀請黛西到你家喝茶，然後讓他過來你這裡。」

這個請求一點也不過分，卻讓我的內心吃了一驚。他一等等了五年，買下一間豪宅，布置得星光燦爛，讓隨興而至的紅男綠女能盡情狂歡，爲的只是能夠在某一天的下午「過來」一個陌生人的花園。

「在他詢問這樣一件小事情之前，我非得先知道這一切的由來嗎？」

「他很擔心。他已經等了這麼久。他覺得可能會冒犯到你。你看，在一切斯斯文文禮貌莊重的外表下，他也只是個平凡的粗人。」

還是有一些事情讓我不安。

「爲什麼他不找妳安排見面的事情呢？」

「他要她看看他的豪宅，」她解釋著原因，「而且你家剛好就在隔壁。」

「喔！」

「我想他有點期待她四處遊玩不小心來到他的派對，」裘丹繼續說，「但是她一直沒有出現。所以他開始有意無意地問別人認不認識她，我是他問到第一個認識黛西的人。就是派對那晚他請人來找我去說話那次，你眞該聽聽他爲了繞到黛西這個名字上花了多大的功夫。當然，我立刻就提議到紐約去吃個午飯，只是我想他一聽就生氣了：『我不要做什麼不尋常的事情！』他一直說，『我只想在隔壁見她一面。』」

「我告訴他，你是湯姆一個很特別的朋友，他聽了馬上打算取消整個計畫。他對湯姆所知不多，儘管他說這幾年他會固定看一份芝加哥的報紙，只是想會不會碰巧看到黛西的名字。」

天色已經暗下來，我們順著路往下經過一座小橋，我伸出手摟住裘丹那金黃色的肩膀，把她拉近自己，問她願不願意和我約會吃個晚餐。突然，我的腦袋裡想的不再是黛西和蓋茲比，而是眼前這個清新可人、全身緊繃、天分能力都有限，對任何事皆抱持懷疑態度的女孩，而她聽了我的話則開心地往後一靠，剛好讓我的手可以摟著她。帶著某種急促的熱情，我的耳邊不斷迴響著一句話——「世上只有被追求的，正在追求的，忙著追的，和已經追累了的人。」

「而且黛西這輩子也該得到一些幸福。」裘丹在我耳邊低低地說。

「她想見蓋茲比嗎？」

「她不知道這件事。蓋茲比不希望她知道。你該做的只是約她過來喝茶。」

我們經過一排黑漆漆的樹，接著出現五十九街上的一些建築物，一片細緻柔軟的粉白光線灑在公園裡。跟蓋茲比或湯姆不同，我沒有情人，不會有思念的人那張忽隱忽現的臉游移在公園的黑暗角落和刺眼的明亮招牌當中，所以我手臂一使力，一把將身邊的女孩摟過來。她的嘴邊露出一個淡淡的輕蔑笑容，所以我將她摟得更近了，這一次，是近在眼前。

譯註：

①Paul von Hindenburg（一八四七～一九三四）為第一次世界大戰的德國元帥。

②舊金山：蓋茲比原先宣稱自己來自「中西部」，卻又提及他來自西海岸的這座城市。無論這是個單純的錯誤或是隨口胡謅，都肯定讓尼克微微一愣。

③一九一九年的世界大賽，是由代表美國聯盟的「芝加哥白襪」與代表國家聯盟的「辛辛那提紅人」之間所進行的系列戰。由於第一次世界大戰後群眾對棒球的熱情與日俱增，所以大聯盟決定這一屆的世界大賽將採用九戰五勝制。八名白襪隊的成員被指控與賭客共謀打假球，這就是惡名昭彰的黑襪事件（Black Sox Scandal），也是美國職棒史上最黑暗的一頁。

④一條連接加州聖塔芭芭拉和洛杉磯的濱海公路。

⑤〈阿拉伯的酋長〉（The Sheikh of Araby）一曲，由哈利・史密斯和法蘭西斯・惠勒作詞，泰德・史奈德作曲。這首曲子是因應魯道夫・瓦倫提諾主演的《酋長》電影大受歡迎而寫，是一首早期爵士風格的曲子。

第五章

那天晚上回到西蛋的路上，我一度擔心房子是不是失火了——我家所在的西蛋頂端，在凌晨兩點鐘依然燈火通明，亮晃晃的燈光落在灌木叢上有種虛幻感，路旁的電線映著光，像一閃一閃的長長絲線。轉了個彎，我才看到這片光來自蓋茲比的豪宅，從塔頂到地下室全都點著燈。

一開始我以爲又是另外一場派對，大夥一哄而散，以整座豪宅當遊樂場，玩起「捉迷藏」或是「躲貓貓」的遊戲。但是一點聲響都沒有。只有林間的風吹得電線一搖一擺，燈光也跟著一明一滅，彷彿屋子一直朝著黑暗深處眨眼。等到我的計程車噗隆隆地開走，我看到蓋茲比正穿過草地朝我走來。

「你那邊看起來像世界博覽會。」我說。

「是嗎？」他茫然地轉頭看了一下，「我只是到幾個房間去看一下。我們去柯尼島吧，老兄。開我的車去。」

「時間太晚了。」
「這樣的話，我們去游泳池泡泡水怎麼樣？我一整個夏天都還沒有時間去。」
「我得上床睡覺了。」
「好吧。」
他等著沒有走開，看著我的眼神裡有一股壓抑的渴望。
「我已經和貝克小姐談過了，」過了一會兒我才說，「明天我會打電話給黛西，約她過來我這裡喝茶。」
「喔，這樣很好，」他說話時表現得很輕鬆，「我不希望太麻煩你。」
「哪一天你比較方便呢？」
「應該是哪一天『你』比較方便才對？」他很快地糾正我，「我眞的不希望太麻煩你，這你是知道的。」
「後天怎麼樣？」
他考慮了一會兒，接著一臉不情願地說：「我想整理一下草地。」
我們兩個一起望向草地，我這邊的草地雜亂無章，直延伸到他那邊用心修剪、顏色較深的寬闊草地，兩邊有一道清楚的分界。我懷疑他想整理的是我的草地。
「還有另外一件小事。」他一臉沒把握的樣子，猶豫著該不該說。

「你是不是希望延後幾天？」我問他。

「喔，不是那樣的。至少……」他支支吾吾想解釋清楚，換了好幾個開場白，「嗯，我是想……那個……這樣說吧，老兄，你錢賺得不是很多，對不對？」

「是不太多。」

這個回答似乎讓他安心，他繼續說下去，比起剛剛有信心多了。

「我想你賺得不多，如果你不介意我這麼……你知道的，我有一點兼差的小生意，算是某種副業，你懂得我在說什麼。我在想如果你賺的錢不多……老兄，你在賣債券，對不對？」

「算是吧。」

「那樣的話，你會對這件事情感興趣。你不必花太多時間就會有一筆不錯的收入，而且很巧的是，這是相當機密的事。」

我現在清楚他的意思了，如果不是在這樣的情況下，這段對話也許就是我人生的一大轉機。不過，這個提議的目的實在太明顯，也太沒有技巧，無非是希望能謝謝我的幫忙。我別無選擇，只能當場回絕他。

「我現在的工作排得滿滿的，」我說，「我很感激你的好意，只是我實在沒有辦法再接其他工作了。」

「你不需要跟沃夫顯打任何交道的。」他顯然以爲，我不太想和午飯時提到的那種「關係」有任何瓜葛，不過我再三保證事情並非他想的那樣。他又多等了一會兒，希望我會找個話題來聊聊。只是我想事情想得太入神，沒什麼話好說，他只好很不情願地回家了。

這天晚上發生的事讓我有種輕飄飄的愉悅感，我好像是一走進門就倒頭呼呼大睡了。所以我不知道蓋茲比是不是眞的去了柯尼島，或是在他那棟燈光點得輝煌俗豔的豪宅裡，花了多久時間「到幾個房間看一下」。隔天早上我從辦公室打電話給黛西，跟她約時間到我這裡喝個茶。

「不要帶湯姆過來。」我趕緊提醒她。

「什麼？」

「不要帶湯姆一起過來。」

「誰是『湯姆』啊？」她的口氣好像根本不認識這個人。

約定的日子下起了傾盆大雨。上午十一點，一個穿雨衣的人拉著一部割草機來敲我的門，說是蓋茲比先生派他過來割草。這讓我想起，我忘了叫那位芬蘭太太回來幫我；我只好開車進到西蛋村，穿梭在濕答答的小巷裡，在一排排粉白色房子之間找到她，順道買了一些杯子、檸檬和鮮花。

結果鮮花是白買的，因爲兩點鐘的時候，蓋茲比那邊送來一整間溫室的花，連帶著無數的花盆花器。一個小時之後，有人急急開了前門衝進來，只見蓋茲比一身法蘭絨西裝，銀色的襯衫搭著金色的領帶。他的臉色蒼白，眼眶下面有黑眼圈，可見一夜輾轉難眠。

「一切都沒問題嗎？」他進了門立刻問。

「草地看起來很好，如果你想問這個的話。」

「什麼草地？」他一臉不知道我在說什麼的樣子，「喔，庭院裡的草地。」他望向窗外，不過，從他的表情看來，我相信他什麼都沒看到。

「看起來很好，」他虛應了一下，「有一份報紙寫說，雨應該會在四點左右停，我想是《紐約新聞報》②吧。吃……喝茶需要的所有東西都準備好了嗎？」

我帶他進入廚房旁的儲物間，他看著芬蘭太太的眼神裡帶有一點責備，彷彿覺得她不夠盡心。隨即我們一起望向從熟食店買來的十二片檸檬蛋糕。

「這樣可以嗎？」我問他。

「當然，當然可以！這些蛋糕很好啊！」他隨即又不太眞心地說，「很好啊……老兄。」

雨勢大約三點半左右緩了下來，只剩一陣潮濕的水霧，偶爾才有幾滴露水大小的小小雨珠。蓋茲比眼神空洞地看著一本克雷寫的《經濟學原理》，偶爾被芬蘭太太足以撼動廚房地板的腳步聲嚇到，其間還不時望著迷濛的窗戶，彷彿外頭發生了什麼看不見又令人震驚的事情。最後他站起身，用一種很沒把握的聲音對我說，他要回家了。

「爲什麼要回家？」

「不會有人來喝茶了，已經太晚了！」他看著錶，彷彿別的地方有什麼要緊事得趕快去處理，「我不能在這裡等一整天。」

「別說傻話，現在離四點鐘也才差兩分。」

他好像被我推了一把似的，一臉沮喪地坐下來。就在此時，一陣汽車引擎聲轉進了我家這條巷子。我們兩個同時跳起來，我則有些忙亂地跑到外頭的庭院裡。

稀疏的紫丁香樹滴滴答答落著雨滴，樹下有輛大型敞篷車正緩緩開上車道。車子停下來。黛西戴了一頂薰衣草色的三角帽，側著臉看我，臉上興奮地綻放出開心的笑容。

「我最親愛的表哥啊，這眞的是你住的地方嗎？」

在這陰雨綿綿的天氣裡，她的聲音彷彿一陣愉悅的漣漪，讓人精神一振。在那短短的片刻，我的耳朵不由得跟隨著她的聲音波紋上下起伏，接著才意會到她說的話。一撮微濕的頭髮垂在她的臉頰上，像一抹黛藍的水彩；當我扶著她下車，才發現她的手被晶瑩剔透的雨珠沁得濕濕的。

「你是不是愛上了我啊，」她在我耳邊低低地說，「要不然爲什麼我得獨自來？」

「這是瑞克連特古堡的祕密③。交代一下你的司機去別的地方繞繞，一小時之後再回來。」

「佛迪，一個小時之後再回來。」說完，她以一種嚴肅的語氣低聲對我說，「他的名字叫佛迪。」

「汽油味也會影響他的鼻子嗎？」

「我想是不會。」她一副天眞模樣，「爲什麼這樣問？」

我們進了屋子。我一看眞是大吃一驚，客廳竟然一個人都沒有。

「咦，眞是奇了，」我忍不住大聲地說。

「什麼事情奇了？」

此時前門傳來一陣很有禮貌的輕輕敲門聲，黛西順著聲音望過去。我出去開門。只見蓋茲比一臉死白，雙手像有千斤重般插在外套口袋裡，站在一灘水中一臉愁苦地看著我。

他進了屋子，從我身邊過去，手還是放在口袋裡沒拿出來；他猛然轉了個彎，好像在表演走鋼索，接著人就在我眼前消失，走進了客廳。看他這個模樣，我卻一點也不覺得有什麼好笑。我可以感覺到自己的心正噗通噗通地大聲跳動著，外頭的雨越來越大，我關上門，把雨擋在外頭。

大約半分鐘左右什麼聲音也沒有。接著，客廳裡傳來一陣好像誰噎到的喃喃說話聲，還有斷斷續續的笑聲，緊接著我便聽見黛西以清亮做作的聲音說道：「能夠再見到你，我眞是開心得不知道怎麼辦才好。」

又是一陣靜默，感覺上久得讓人難以忍受。我在門廊那邊無事可做，只好走進客廳。

蓋茲比的手仍然插在口袋裡，他斜靠在壁爐上，很不自然地裝作一派悠閒，或者說更接近窮極無聊的模樣——他的頭往後仰，倚靠在一個故障的壁爐時鐘鐘面上；他維持著這個姿勢往下直盯著黛西，眼神煩亂焦躁。黛西則坐在一張硬邦邦的椅子邊緣，神情雖有些害怕，卻依然不失優雅。

「我們以前就認識了。」蓋茲比低聲地說，說話時視線暫時轉到了我身上。他嘴巴微張，嘴型像是準備好要笑，卻又笑不出聲音。幸好在這個時候，時鐘因為撐不住他的頭而開始斜斜地搖搖欲墜，他趕緊轉過身，手指顫抖地接住，再把鐘放回原來的地方。接著他坐到沙發上，看起來全身僵硬，手肘靠在扶把上，手托著腮。

「很抱歉碰倒了時鐘。」他說。

我自己臉也漲得通紅，簡直像被熱帶的太陽曬傷似的。腦袋裡面雖然有許多應對的話，嘴巴卻不聽使喚，一句平常的對話也擠不出來。

「只是一個舊時鐘而已。」我這樣告訴他們，傻瓜似的。

我想，有那麼一刻我們彷彿都相信，那個時鐘已經落在地上摔成碎片了。

「我們好多年沒有見面了。」只有黛西的聲音還是一如往常。

「到十一月就五年了。」

蓋茲比想都不想就這麼隨口說出來，我們一下子都不知道該怎麼辦才好。我無計可施，只好問他們要不要去廚房幫忙泡茶；他們兩個才剛站起身，那個可惡的芬蘭太太竟然就端著托盤把茶送進來了。

在喝茶吃蛋糕的一陣忙亂中，氣氛逐漸愉快起來，三人舉手投足之間也自然而然回復了該有的社交姿態。蓋茲比獨自站在陰影中，很認眞地輪流看著我和黛西說話，眼神卻透著鬱悶和緊繃。只是，這次的碰面並不是大家都平靜下來就可宣告結束。我一有機會便找了個理由離開客廳，說完站起身正準備要走。

「你要去哪裡？」蓋茲比一下子就警覺到，趕緊開口。
「我等一下就回來。」
「你走之前我有點事情要跟你說。」
他慌亂地跟著我來到廚房，關上門小聲地說：
「天啊！」他一臉頹敗。
「怎麼了？」
「這是個天大的錯誤，」他一面說，一面不斷搖頭，「一個糟糕透頂的天大錯誤。」
「你只是覺得不好意思而已，就只是這樣，」幸好我後面還加了一句，「黛西也覺得很不好意思的。」
「她覺得很不好意思？」他很懷疑地重複著我的話。
「就跟你的感覺一模一樣。」
「別說太大聲。」
「你的舉止就跟個小男孩一樣，」我忍不住要說出來，「不只如此，你還很沒有禮貌。你讓黛西一個人坐在客廳裡。」
他舉起手示意我別再說下去，看著我的眼神裡有股令人難忘的羞慚，接著他小心翼翼地打開門，回到客廳裡去。

我從屋後走到外頭，半個小時前，心情緊張的蓋茲比也是這樣從屋外繞到前門。我跑到一棵盤根錯節的黑色大樹底下，濃密的樹葉彷彿織了一片遮雨的篷布。天空又下起了大雨，我這個庭院本來讓蓋茲比的園丁修剪得漂漂亮亮的，跟平常完全不一樣，現在又變成一灘灘泥濘的小水窪，活像史前時代的荒野沼澤。從樹下望出去，可以看見的只有蓋茲比那巨大的豪宅，於是我便認眞仔細地看，像是凝視著教堂尖塔的康德④，一看就看了半個小時。有個啤酒釀造商在十年前的「仿古熱潮」初期建造了這棟房子，據說當時他同意爲附近的農莊支付五年賦稅，只要每一戶農莊主人答應用茅草來蓋他們的屋頂。也許是因爲眾人的拒絕使他的「成家」計畫有名無實，不久他便一蹶不振。他過世之後，子女連葬禮的黑色花環都還沒拿下來便把房子賣了。說起來，美國人啊，儘管他們只一朝前仆後繼爲農奴，但內心對於農民身分的認同永遠是根深蒂固的。

過了半個小時，太陽又露臉了，雜貨行的車子繞著彎，開在蓋茲比家的車道上，車裡載著傭人做晩餐所需的材料——但我很肯定他一口也吃不下。一個女傭人把屋子上層的窗戶一一打開，每開一扇窗就可以看到她露一下臉，她在正中央那扇突出的灣型大窗前探出身子，考慮了一會兒後吐了一口痰到花園裡。時間到了，該回去看看。雨還沒停的時候，似乎可以聽到他們的輕聲細語，有時說得情緒起伏，聲音會激烈地上揚一些。但是隨著雨停風歇，我覺得屋子裡面也陷入了一陣靜默。

進入客廳之前，我先在廚房裡想辦法叮咚哐噹發出各種雜音，就差沒把爐子也掀翻了，只是我想他們什麼也沒聽到。他們兩人各自坐在沙發的一頭，彼此對望著，像是有人問了個問題，或者正在思考些什麼，而先前那種尷尬不好意思的氣氛已經完全消失。黛西臉上還掛著斑斑淚痕，我一進客廳，她馬上跳起來，跑到鏡子前面拿著手帕擦臉。蓋茲比的改變則明顯讓人感到不解。他整個人簡直在發亮，不需要說話，不必擺出任何洋洋得意的姿勢，便從內而外散發出一種不同於以往的幸福，整個小小的空間裡充盈著他的快樂。

「喔，哈囉，老兄。」他的口氣彷彿有好幾年沒看到我了。我一度還以爲他要跟我握手。

「雨停了。」

「是嗎？」等到瞧見屋裡透進了閃閃爍爍的陽光，他露出微笑，像電視上的氣象播報員，像一個心醉神馳的人，守護著周而復始的光，他不斷對著黛西說：「妳覺得怎麼樣？雨已經停了。」

「傑，我很開心。」她的聲音充滿了悲痛的美感，說出來的話卻有著原先未預期的喜悅。

「我要你和黛西到我那邊去，」他說，「我想帶她到處看看。」

「你確定要我一起過去嗎？」

「當然確定，老兄。」

黛西到樓上去洗臉，我跟蓋茲比在庭院等候，這才想到我家裡的毛巾，不禁覺得很丟臉。

「我的屋子看起來很棒，對不對？」他神情得意地問著，「看看整棟屋子正面那排窗戶映著光的樣子。」

我同意這棟房子眞的非常漂亮。

「是的。」他的視線逐一掃過房子各個地方，每一道拱門，每一座方形高塔，「我只花了三年時間就賺到足夠的錢來買下這棟房子。」

「我以爲你繼承了一大筆錢。」

「的確是，老兄，」他沒等到我問，就自己往下說，「但是我在經濟不景氣的那個時期把大部分的錢都賠掉了，那是戰爭引起的經濟蕭條。」

我想連他自己都不太清楚自己在說什麼，因爲當我問他做的是哪方面的事業時，他回答我「那是我自己的事」，隨即他才意識到這個回答不太妥當。

「喔，我做過很多事情，」他修正了剛剛的答案，「我做過製藥業，接著是石油方面的事業。不過現在我做的跟那些都沒有關係。」他看著我的眼神變得更認眞，「你是想說，你一直在想那天晚上我跟你提到的事嗎？」

我還沒來得及回答，只見黛西從屋子裡出來，洋裝上兩排銅扣在陽光下閃閃發亮。

「是『那邊』的大房子嗎？」她指著房子失聲驚叫。

「妳喜歡嗎？」

「我很喜歡，但是我不知道你怎麼能一個人住在那裡。」

「我總是會找很多有意思的人來作伴，不分日夜。有些人做的事情很有趣，有些是很有名氣的人物。」

我們並非沿著海岸抄近路過去，而是走回大路，從旁邊那扇巨大的門進去。黛西用她魅惑人心的聲音低低地說，她好喜歡整棟房子的模樣，或者說是喜歡房子襯著天空時那種古老封建的輪廓。她也好愛花園裡那些花草樹木的味道，像是黃水仙散發著讓人欲醉的香味，山楂和梅花飄送出一股清雅的冷香，還有別名「門前吻別」的女孃花淡淡的金色氣味。我來到大理石臺階，卻不見門前門後穿梭往來的紅男綠女，耳朵聽到的只有林間鳥囀，心裡泛起一股異樣的感覺。

到了屋子裡，我們穿越法國皇室瑪莉皇后時期風格的音樂廳，以及復辟時期風格的交誼廳，總覺得每張沙發後面和桌子下面都躲著參加派對的客人，他們全都奉命要憋著氣保持安靜，直到我們通過。當蓋茲比關上「莫頓學院藏書室」⑤的大門時，我發誓我聽到那個戴著貓頭鷹眼鏡的男人發出淒厲尖銳的笑聲。我們上了樓，穿過各個不同時期風格的臥室，裡面鋪滿了玫瑰和薰衣草圖樣的絲綢和剛摘採的鮮豔美麗花朵；我們走過更衣室、撞球廳，以及挖空地面嵌上浴池的浴室。在其中一個房間還撞見了一名身穿睡衣、看起來邋邋遢遢的男子，他正在地板上做仰臥起坐，原來是外號「房客」的克里波斯賓格；清晨時分裡，我曾經看到過他在海灘上飢腸轆轆似地到處亂走。最後我們來到蓋茲比自己的起居室，裡面有臥室、浴室和一間羅伯．亞當⑥設計風格的書房。我們在書房坐定，蓋茲比便從牆上的酒櫥拿出一瓶夏翠絲香甜酒，幫我們各斟了一杯。

他的視線一直停留在黛西身上，我想他對於屋裡所有事物將有一番新的評價，而根據的標準就是黛西那對讓人愛憐的雙眼中出現了何種反應。有的時候，他也會茫茫然盯著四周那些本來就屬於他的東西，彷彿因爲黛西就在這裡，如此明確，如此讓人驚喜，而使所有事物都變得不再眞實。他剛剛還差點從樓梯上摔下來。

蓋茲比的臥室布置是屋裡所有房間之中最樸實的，只在梳妝檯上擺了一套霧面純金的盥洗用具做爲裝飾。黛西喜孜孜地拿起梳子，梳了幾下頭髮，蓋茲比看了之後找個地方坐下，一手摀著眼睛笑了出來。

「實在是太有趣了，老兄，」他一邊說一邊笑，「我忍不住……我想要……」

看得出來，他的心態經歷了兩個階段，現在正要進入第三個階段。從一開始的尷尬不安，轉爲大喜若狂，現在則沉迷於她就在眼前的驚奇。這一刻是他長久以來朝思暮想，也是夢寐以求的，他一直咬著牙耐心等待，那種強烈的情感簡直不可思議。現在緊繃的情緒放鬆下來，他就像發條上得太緊的時鐘，一下子精疲力竭了。

他休息了一下，精神終於好些。他打開兩個別出心裁的大衣櫥，裡面滿滿地裝著西裝、晨衣、領帶和襯衫，層層疊疊地堆得老高。

「我在英國派了人幫我買衣服。每一季，也就是春季和秋季開始的時候，他會挑一些不錯的寄過來。」

他拿出一大堆襯衫，一件一件丟在我們面前，質料有純亞麻的、厚重的絲，和上好的法蘭絨，摺好的襯衫落下來時都散開了，滿滿的七橫八豎疊得一桌色彩繽紛。我們讚賞之餘，他又拿出更多襯衫來，這些綿軟貴氣衣服堆成的小山也變得更高了，裡面有條紋花樣、渦卷圖案和格子花紋，搭配著珊瑚色、青蘋果綠、薰衣草紫、淡橙色，還有用他名字縮寫而設計的印度藍花紋。突然我聽到一聲戲劇化的嬌呼，黛西一頭埋進襯衫堆裡放聲大哭。

「這些襯衫怎麼能美成這樣，」她嗚咽地哭著說，厚厚衣服堆裡的聲音有些模糊，「嗚嗚……它們讓我好傷心，因爲我以前從來沒有看過這麼……這麼美的襯衫。」

看完了屋子，我們正打算接著看房子四周、游泳池、水上飛機，以及盛夏綻放的花朵，只是窗外又下起雨，所以我們站成一排，望著海灣裡波濤起伏的水面。

「如果不是因爲雨天霧氣濃，不然就可以很清楚地看到海灣對面妳家的屋子，」蓋茲比說，「你們總是在碼頭的底端點一盞綠燈，一點就是一整晚。」

黛西沒有預兆地忽然勾住他的手臂，但他似乎渾然不覺，仍沉思著自己剛剛說的話。他可能突然意識到，那盞燈所代表的深遠意義已經永遠消失。相較於先前他和黛西之間的遙遠距離，那盞綠燈似乎和黛西非常接近，幾乎伸手可及，就像天上的星星與月亮那麼近。而現在它再度變回碼頭上的一盞綠燈，使他著迷嚮往的事物又少了一件。

房間裡光線昏暗，我一面走一面仔細觀看各式各樣輪廓模糊的物品。我注意到蓋茲比書桌前那面牆上掛著一張很大的照片，照片裡是一名身穿遊艇裝的老人。

「這位是誰？」

「那個嗎？那是丹・柯迪先生，老兄。」

這個名字聽起來有點耳熟。

「他已經過世了。多年前他曾經是我最好的朋友。」

衣櫃上還有一張蓋茲比的照片，看起來應該是在他十八歲左右拍的。照片裡的他也穿著遊艇裝，頭往後甩，一副意氣風發的樣子。

「我喜歡這種髮型，」黛西讚嘆地說，「這種頭髮全往後梳的蓬巴杜髮型！你從沒說過你留過這種髮型，也沒聽說你有遊艇。」

「看看這個，」蓋茲比很快地說，「這裡有很多剪報，都是跟妳有關的。」

他們肩並肩站著，一起看著剪報。我正想問蓋茲比我們能不能看看他收藏的那些紅寶石，電話鈴聲卻突然啷啷響起，蓋茲比拿起話筒。

「是我……嗯，我現在沒辦法多談……老兄，我眞的得掛電話了……我說的是一個『小』城……他一定知道什麼叫做小城……好吧，如果他眞的覺得底特律算是小城，我們就沒辦法用這個人了……」

他掛了電話。

「快，快到這邊來！」黛西在窗邊大喊。

雨仍然淅淅瀝瀝地下著，但是遠在西邊的那片陰霾已經散開。一團膨鬆綿軟、粉紅摻金的雲朵飄在海面上。

「看到那朵雲嗎？」她輕輕地說，過了一會兒又開口，「我只想留住其中一片粉紅色的雲，把你放進去，推著你四處遊蕩。」

我試著向他們告辭，但是他們不肯答應，也許有我在場，他們更能安心自在地相處。

「我知道接下來要做什麼了，」蓋茲比說，「我們找克里波斯賓格來彈鋼琴。」

他走到房間外面叫了聲「艾文！」過了幾分鐘，他帶了一個滿臉惶恐、微帶滄桑的年輕男子進來。男子戴了副玳瑁框眼鏡，頭上的金髮稀稀落落的。他現在可是盛裝打扮，身上套了件領子前開的「運動衫」，穿著慢跑鞋，和一件花紋已經模糊難辨的帆布褲。

「我們是不是打擾了您的運動時間呢？」黛西很有禮貌地問。

「我在睡覺，」克里波斯賓格嗓門很大，但因爲緊張和尷尬，他的聲音有點顫抖，「我是說，我剛剛在睡覺，然後就起來……」

「克里波斯賓格會彈鋼琴，」蓋茲比打斷他的話，「艾文，老兄，是不是呢？」

「我不太會彈，我不……我幾乎不會彈琴。我都沒有練……」

「我們到樓下去。」蓋茲比又打斷他的話。他按下一個開關，整棟屋子的燈都亮起來，驅走了窗戶上的灰暗。

在音樂廳裡，蓋茲比扭開鋼琴旁的一盞燈。他又用顫抖的手爲黛西點上菸，接著和黛西一起坐在房間遠遠另一頭的沙發上，那裡一片黑暗，只有地板上一片從大廳映進來的光。

克斯波斯賓格彈完〈愛的小窩〉⑦之後從鋼琴椅轉過身，苦著一張臉尋找幽暗中的蓋茲比。

「你看，我眞的沒有練習。我說了我不會彈。我沒有好好練……」

「別說太多話，老兄，」蓋茲比用命令的口氣說，「只管彈就是！」

無論清晨，
或是黃昏，
我們多麼逍遙快活……

外頭的風聲呼呼作響，海岸附近傳來一陣陣低沉的悶雷聲。此時西蛋已是萬家燈火，載著乘客的電車自紐約出發，朝著家的方向冒雨急馳。人的流動變化在這個時刻非常激烈，空氣中有一股興奮感正逐漸滋生。

有件事是肯定的，沒有什麼比這更眞實。
有錢的人，鈔票是越來越多，而沒錢的人啊……小孩是越來越多，

那是同時發生的啊，
那是同時出現的啊……

當我過去向他們道別時，我看見蓋茲比的臉上又出現了迷惑的表情，彷彿他對於目前感受到的快樂有隱隱的疑惑。將近五年的時間！在他們見面的這天下午，肯定有某個時刻他發現眞實的黛西和夢想中的她有落差，那並不是黛西的錯，而是幻想本就有著無比鮮活的力量。他的想像已經超越了眞實的黛西，超越了任何事物。他以創造的熱情將全部精力投注在自己的想像之中，隨時隨地爲它補強添色，把每一片飄過眼前的亮麗羽毛都拿來爲它裝扮。無論是多麼熱烈激昂的感情或是何等生氣勃勃的肉體，都比不上一個男人鬼魂般幽微森然的內心所累積的想像。

我看著他，他稍稍回過神來，至少表面上看起來如此。他的手握著黛西的手，她低聲在他耳邊說了些話，令他倏然轉身看著黛西，臉上盈滿了感動愛憐。我想，讓他最無法自拔的，就是她聲音裡那股抑揚頓挫、興奮期待的暖意，因爲那是無論如何都無法靠想像得來的。她的聲音是一首無窮無盡的歌。

他們已經把我忘在一旁，但是黛西看了我一眼，伸出手和我道別，蓋茲比則像完全不認識我似的。臨走前我再次回頭看著他們，他們回望著我，不帶感情，彷彿兩人已經被一股強烈的生命力包圍占有。接著我出了房間，步下大理石階梯，緩步走入雨中，將時間留給他們兩人獨處。

譯註：

①位於紐約州布魯克林區的半島，是一個休閒娛樂的地方。原來的名字以荷蘭語寫為Konijn Eiland，意為「兔子島」，後來才稱為柯尼島，一般認為英語名稱是轉換自荷蘭名稱，因為柯尼（Coney）在古代英語方言為兔子之意。

②紐約新聞報（The Journal）：紐約市的一家報紙，老闆是惡名昭彰的報業鉅子威廉・瑞道夫・赫斯特（William Randolph Hearst，一八六三～一九五一）。

③瑞克連特古堡（Castle Rackrent）是愛爾蘭籍的瑪莉亞・埃居沃斯（Maria Edgeworth）所寫的一部短篇小說，於一八〇〇年出版。一般公認本書為第一本歷史小說，第一本以英語寫就的區域性小說，第一本以大房子為背景的小說，以及第一本冒險小說。

④根據傳言，德國哲學家康德（Immanuel Kant，一七二四～一八〇四）思考的時候，會凝視著教堂的尖塔。

⑤「莫頓學院藏書室」（the Merton College Library）：莫頓學院擁有牛津大學歷史最悠久的圖書館。蓋茲比在自家新穎豪宅中重新打造了一間古代建築風情圖書室，頗有諷刺意味。

⑥羅伯・亞當（Robert Adam，一七二八～一七九二）是蘇格蘭最負盛名的建築師，設計風格以豐富的色彩著稱。

⑦《The Love Nest》，一九二〇年代一首流行歌曲。一如艾略特（T. S. Eliot）在詩作〈荒原〉（The Waste Land）中使用的手法，費茲傑羅很清楚，流行歌曲在詩或是小說當中可以用來做為諷刺的對應。

第六章

大約在蓋茲比和黛西見面後不久，有個懷抱雄心壯志的年輕記者從紐約來到蓋茲比家門口，想詢問他的看法。

「是什麼事情要問我的看法呢？」蓋茲比很有禮貌地回問。

「就是……看你有沒有什麼想說的。」

如此雞同鴨講了五分鐘之後終於搞清楚，原來這個人在報社聽到蓋茲比的大名，他不肯說是聽到什麼事情時提到蓋茲比，也可能是他自己沒完全搞清楚狀況。這天他剛好休假，索性自己過來「打聽一下」，也算是勇氣可嘉。

這次造訪算是亂槍打鳥，不過這名記者的直覺卻讓他歪打正著。蓋茲比的名聲在這個夏天變得越來越響亮，就差沒登在報紙新聞裡。這都要歸功於那幾百個前來參加派對、接受蓋茲比熱情款待的賓客，他們口耳相傳穿鑿附會，人人都對他的過去瞭若指掌，個個都是專家權威。當時熱門的一些傳言，像是就連「美國和加拿大之間架了一條地下管線」都和蓋茲比脫不了關係。另外還有個眾人經常提到的說法是，他根本不是住在房子裡，而是一艘看起來像房子的船，這艘船時常沿著長島海灣沿岸祕密地來回航行。到底是什麼原因，讓這位來自北達科他州的詹姆斯．蓋茲聽到這種無稽杜撰就感到心滿意足，還眞不是三言兩語可以說清楚的。

詹姆斯．蓋茲是蓋茲比的眞名，至少是法律上正式的名字。他把名字改掉是在十七歲那年，一個很特別的時間點——他看到丹．柯迪在蘇必略湖最平靜也最險惡的水面下了錨，這個人對他的事業起步有著關鍵性影響。當時詹姆斯．蓋茲穿了件破爛的綠色運動衫和帆布褲，整個下午在湖邊閒晃，但後來借了一條小船划向「托羅密號」，告訴柯迪半小時內可能會颳起強風，把他的船折成兩半，此時這個人已經成爲傑．蓋茲比了。

儘管聽起來他是在碰到柯迪時改了名字，但我猜想他準備這個名字已經很久了。他的父母是那種胸無大志、沒什麼成就的農人，在他的想像裡從來就沒把他們當作自己的親生父母。事實是，住在長島西蛋的傑．蓋茲比是從他自己理想概念中蹦出來的產物。他是「上帝之子」，這個說法怎麼看都只有字面上的意義，所以「神愛世人」是他必然的使命，一如他的上帝老爸，爲芸芸眾生服務，成就一種博愛，一種下及市井小民的世俗美。因此他創造出「蓋茲比」這類十七歲男孩可能會想到的名字，同時自始自終對這個名字所代表的含義奉行不渝。

在長達一年多的時間裡，他的足跡在蘇必略湖南岸一帶遊走，做些挖牡蠣，捕鮭魚，或是任何能讓他吃頓飽飯、睡個好覺的差事。在這段充滿青春活力的日子裡，他時而辛勤時而懶散地工作，自然而然練就一身棕色的健壯體格。他很早就明白男女之事，女人對他的溺愛反而使他看不起她們——他看輕年輕處女的天眞無知，鄙夷其他女人遇事歇斯底里，那些在他強烈自我認知中視爲理所當然的事，他不懂有何好大驚小怪的。

只是他的內心一直處於動盪不安的混亂中。晚上睡覺時，荒誕可笑的奇思和絢麗繽紛的異想糾纏著他。當洗臉檯上的時鐘滴滴答答地走著，當溫潤的月光沁透地上雜亂糾結的衣服，他的腦袋裡運行的是一個無比華麗的宇宙。每個夜晚，他爲自己的幻想增減花樣，直到睡意湧現，猶如一個擁抱讓他遺忘，爲他結束某個生動有趣的場景。有一段時間，這些幻想讓他的大腦得到宣洩，暗示了現實其實一點也不現實；它們宣告了這個世界的礎石牢牢奠基在妖精的薄翅上，而這些都和他的想法不謀而合。

碰見柯迪的數個月之前，追求飛黃騰達的本能讓他決定前往聖奧拉夫學院就讀，這間由路德教會興辦的學校規模不大，位於明尼蘇達州南邊。他在那裡待了兩個星期，沮喪地發現這個地方對於他的光明未來絲毫沒有幫助，命運如此安排讓他心灰意冷，同時他也很瞧不起那份用來支付學費的清潔工作。後來他開始四處遊蕩，最後又回到蘇必略湖，柯迪的遊艇在湖邊淺灘下錨的那天，他還在四處找事情做。

柯迪那個時候已經五十歲，去過內華達州開採銀礦；他沒有錯過育空淘金，一八七五年之後只要哪裡興起採礦熱，必然也有他一份。蒙大拿州的銅礦生意讓他賺了好幾百萬，可儘管他的身體仍然硬朗，腦袋卻已經開始糊塗，無數的女人察覺到這一點想從他身上海撈一筆。其中一件難堪事便是被報社女記者艾拉・凱抓住了弱點，假扮成他的曼堤農夫人①陪著上了遊艇出海，結果在一九〇二年這一年小報的大肆報導下鬧得人盡皆知。而過去這些日子以來，他已在海上航行了整整五年，一路接受沿岸居民的熱情款待，直到他來到小女孩岬，和蓋茲比的命運交會。

年輕的蓋茲比正在自己的小船上休息，眼睛望向遊艇上圍著欄杆的甲板，那代表了這個世上所有的美和誘惑。我想，他對著柯迪笑了，他也許已經發現人們喜歡他笑的樣子。反正柯迪問了他幾個問題（其中一個問題引出了「蓋茲比」這個新的名字），他發現蓋茲比反應很快，對未來的企圖心非常強。過了幾天，他帶著蓋茲比到德魯斯市，買了一件藍色外套、六條白色帆船褲和一頂遊艇帽。後來「托羅密號」出發前往西印度群島和巴巴利海岸時，蓋茲比也跟著一起去。

蓋茲比在船上到底做些什麼工作很難界定清楚。在柯迪身邊時，他有時是管家，有時是夥伴，偶爾當一陣子船長，需要的時候充當祕書，甚至清潔的工作也做，因爲柯迪沒有喝酒的時候腦袋很清楚，可是一旦喝醉了，什麼胡天胡地的事情都可能發生；而爲了預防這類意外事件，他越來越倚重蓋茲比。這樣的情況持續了五年，在這段時間裡，他們已經三次環繞美洲大陸。要不是有天晚上艾拉・凱在波士頓上了船，旅程也許會永遠持續下去；過了一個星期，丹・柯迪雙腳一伸，就這麼淒涼地過世了。

我記得那幅掛在蓋茲比臥室的畫像——花白的頭髮、泛紅的臉色、冷酷無情的五官、鬱鬱寡歡的表情，此人是個一身酒色財氣的西部拓荒者，在美國歷史上有一段時期，就是由這類人將西部花天酒地縱情聲色的粗獷慓悍風格帶回了東岸。柯迪喝酒的習慣間接帶給蓋茲比某種影響——他很少喝酒。有的時候派對中氣氛熱烈，女人拿起香檳亂噴亂灑，也會弄得蓋茲比一頭濕，但他自己已經養成習慣，對酒敬而遠之。

柯迪死後留了一筆兩萬五千元的遺產給蓋茲比，可是他一毛錢都沒拿到。他一直沒弄懂別人到底用了什麼法律手段讓他丟掉這筆錢，幾百萬的遺產全進了艾拉・凱的口袋。跟隨柯迪讓他學到一份適合在社會生存的獨特經驗，這也是柯迪唯一留給他的東西。傑・蓋茲比的模糊輪廓加上這段時間的歷練，已經使他成了有血有肉的人。

他是在很久之後才告訴我這一切的，但我在這裡說清楚是希望能破除流言，因爲那些謠傳連一點點眞實性都沒有。此外，他把全部事情告訴我的時候，謠言正傳得一團混亂，我也不知道到底該相信誰。所以我趁此機會稍微離題一下，就像是讓蓋茲比喘口氣，先釐清眾人的誤解。

我也得以暫時脫離他的感情糾紛。有好幾個星期我都沒看到他，也沒通電話。大多數時間我都在紐約，和裘丹一起四處走動，同時努力去找她那位年邁的姑姑拍馬屁。不過最後，我還是在一個星期天的下午去了他的屋子。待了不到兩分鐘，就有個人帶著湯姆・布坎南進來找東西喝。我嚇了一大跳，當然，眞正讓我吃驚的是湯姆居然還沒來過這裡。

他們是一行三人騎著馬出去玩，湯姆和一個叫史隆的男人，還有一個非常漂亮、身穿棕色騎馬裝的女人，她之前曾來過這裡。

「看到你們眞好，」蓋茲比站在陽臺上，「我眞的很高興你們能撥冗前來。」說得好像他們眞是因爲他才來的！

「請坐請坐。抽根菸或是雪茄吧。」他忙得團團轉，手上的鈴鐺響個不停，想趕快找人來招呼客人，「我馬上叫人準備一些喝的，馬上！」

湯姆的出現確實讓蓋茲比的表現嚴重失常，不過他總是要給客人送上些什麼吃的喝的才會放心，後來也隱隱感覺他們來此目的也就是爲了吃喝。然而史隆先生什麼都不想要。來杯檸檬汁嗎？不了，謝謝。喝點香檳怎麼樣？眞的什麼都不用，謝謝……眞是抱歉……

「你們騎馬騎得還愉快嗎？」

「這附近的路況非常好。」

「我以爲汽車很……」

「是啊。」

蓋茲比按捺不住內心的衝動，他轉向在剛才介紹下說是初次見面的湯姆。

「布坎南先生，我想我們之前在什麼地方見過面。」

「喔，是啊，」湯姆的禮貌回答顯得有點不太自然，他顯然完全不記得，「我們是見過面。我記的很清楚。」

「大約兩個星期前。」

「是啊，你跟尼克在一起。」

「我認識你太太。」蓋茲比繼續說，幾乎是迫不及待。

「是這樣嗎？」

湯姆轉過來跟我說話。

「尼克，你住在這附近嗎？」

「就在隔壁。」

「是這樣啊？」

史隆先生從頭到尾一句話都沒說，只是懶懶地靠在椅背上，擺出一副高傲的姿態。那位女士也是一聲不吭，意外的是喝完兩杯酒之後突然健談起來。

「蓋茲比先生，下次你開派對的時候，我們全部都來參加，」她如此提議，「你看好不好？」

「當然好，我衷心歡迎你們來參加派對。」

「嗯，很好，」史隆先生絲毫沒有要感謝主人的意思，「那……我想該回家了吧。」

「請別急著走，」蓋茲比趕緊勸住。他現在的情緒平穩多了，希望能多多認識湯姆，「你們何不……何不留下來吃頓晚餐呢？待會兒可能還有紐約的客人來。」

「你們到我那裡吃晚餐好了。」那位女士很熱情地說，「你們兩個一起來。」這是連我都邀請了。史隆先生站起來。

「過來一下。」他這話只對著她說。

「我是說眞的，」她很堅持，「我很希望你們來。地方大得很。」

蓋茲比疑惑地看著我。他想去，卻看不出來史隆先生滿心不願意。

「我恐怕沒辦法去。」

「那麼，你來吧。」她把熱情集中在蓋茲比身上。

史隆先生在她耳邊低聲說了幾句話。

「如果我們現在動身就不會太晚。」她語氣堅決，嗓門很大。

「我沒有馬，」蓋茲比說，「以前在軍隊裡騎過，但是我沒想過要買馬。我得開車跟在你們後面。很抱歉，我需要一點時間準備。」

我們其他人走到外頭的陽臺上，史隆和那位女士在旁邊按捺不住脾氣已經吵了起來。

「天啊，我想那個人是眞的要去，」湯姆說，「難道他聽不出來她不要他來嗎？」

「她自己說希望他來的。」

「她今天晚上要辦一場盛大的派對，他去了可是一個人都不認識。」湯姆皺著眉，「我還在想他到底在什麼鬼地方見過黛西。哼！眞是丟人！我也許觀念是落伍了一點，不過最近女人這樣到處拋頭露臉的，我實在看不下去。認識一堆亂七八糟的神經病。」

史隆先生和那位女士突然走下階梯上馬坐好。

「走了，」史隆先生對湯姆說，「我們晚了，得走了。」接著又對我說，「告訴他，我們沒辦法等下去了，可以嗎？」

湯姆和我握手道別，其他人只向我輕輕點頭致意。他們騎著馬輕快地踏上車道，隨即消失在八月的樹影之中，此時蓋茲比手上拿著帽子和薄外套，正好從前門走出來。

湯姆顯然不願意黛西一個人到處亂跑，因為接下來的這個星期六晚上，他和黛西一起來參加蓋茲比的派對。也許是他的出現讓整個晚上充滿一種特別的壓迫感，那年夏天蓋茲比舉辦的派對當中，就數這一次讓我印象特別深刻。來參加的都是同一批人，或者說至少是同一種人，香檳還是一樣隨意暢飲，喧鬧戲耍依然多采多姿、此起彼落。但是我感覺到空氣中有一股不舒服、一種前所未有彌漫全場的厭惡感。或許我只是變得越來越習慣這種派對氣氛吧，逐漸把西蛋視為一個完整的世界，有著自己的規範和偉大的人物，而最難得的是，這一切並非刻意造就。現在我再度看著這個地方，卻是透過黛西的眼睛。用新的角度去看待一些你之前已經花了精神、時間去適應的事物，肯定是很不習慣的。

他們到的時候是黃昏時分，當我們一行從上百名珠光寶氣的賓客身旁經過時，黛西喉嚨裡發出了喃喃自語的聲音。

「這種場合讓我好興奮喔！」她偷偷地說。

「尼克啊，如果你今天晚上什麼時候想吻我的話，就告訴我，我會很開心地找個機會給你。只要說我的名字，或者是拿出一張綠卡片。我一直在發綠卡……」

「到處看看吧。」蓋茲比提醒黛西。

「我一直在看啊，我今天晚上眞的太開……」

「妳一定會看到很多以前只聽過名字的人物。」

湯姆傲慢的眼光在人群中打轉。

「我們並不是很常參加什麼派對，」他說，「老實說，我剛剛還在想，這些人我根本一個都沒見過。」

「也許你知道那位女士，」蓋茲比指著一名美若天仙的女子，她宛如一朵世間罕見的蘭花，端莊地坐在一棵白梅樹下。湯姆和黛西怔怔地看著，認出了那是一位只在大銀幕上出現的電影明星時，繼而泛起一股似眞似幻的異樣感覺。

「她好美喔。」黛西說。

「在她身邊彎著腰的那位男士是她的導演。」

蓋茲比很鄭重地領著他們，介紹給一群群賓客認識。

「這位是布坎南夫人……這位是布坎南先生……」遲疑了一會兒之後，他又補上一句，「也是馬球名人。」

「喔不……不是，」湯姆很快地否認，「不是我。」

但顯然蓋茲比很喜歡把這個頭銜冠在湯姆頭上，因爲後來整個晚上湯姆都是「馬球名人」。

「我從來沒有看過這麼多名人！」黛西大聲地嘆道，「我喜歡那個人……他的名字叫什麼來著？就是那個鼻子有點青青的人。」

蓋茲比先說出那個人的名字，接著又說他只是個小小的電影製片。

「這樣啊，反正我就是喜歡那個人。」

「我比較希望我不是什麼馬球名人，」湯姆看起來心情很好，「我寧願…… 寧願沒人注意到我，就這樣看著這些有名的人。」

黛西和蓋茲比跳了一支舞。我還記得當時看到他跳著一種老式的狐步舞，優雅的舞姿讓我嘆爲觀止，畢竟我之前從沒看過他跳舞。接著他倆漫步到我家那裡，在階梯上坐了半個小時，其間黛西要我在花園裡幫忙看著。「說不定會失火或是淹水呢！」她解釋爲什麼要我這麼做，「也有可能發生什麼天災。」

我們坐下來一起吃晚餐的時候，無足輕重的湯姆冒了出來。

「如果妳不介意，我想到那邊跟一些人吃飯，」他說，「有個傢伙正在說笑話。」

「去吧，」黛西很親切地回答，「還有如果你想記下幾個地址的話，我的小金筆在這裡，你拿去好了。」她看看四周的人，過了一會兒跟我說那個女孩子「很俗氣，不過還算漂亮」，這時我很清楚，除了和蓋茲比獨處的那半個小時，其他的時間裡她並不開心。

我們這桌的人喝得特別醉。說起來是我不好，因爲蓋茲比被叫去接電話了，兩個星期前我跟這同一群人在一起還滿開心的，所以才選了這桌坐下；只是之前讓我覺得新鮮有趣的事物，現在已經變得無聊，像一股飄散在空中的腐臭味。

「貝德卡小姐，您還好嗎？」

這位女士正準備斜斜地靠在我肩上，可是被我這樣一問，她立刻坐正，眼睛霎時張開，肩膀也沒有靠到。

「你說什麼？」

一名身形龐大、喝得醉醺醺的女士不斷遊說黛西，要她明天一起去附近的高爾夫球俱樂部打球，此時卻幫貝德卡小姐接腔了：「喔，她沒事的啦。她只要喝個五六杯雞尾酒，就會像剛剛那樣大聲尖叫。我就跟她說過了啊，叫她別喝酒比較好。」

「我……是沒喝啊……嗝。」被指名的貝德卡小姐無力地申辯著。

「我們聽到你在大叫，我就把希維特醫生叫過來：『醫生，這裡有人需要你看一下。』」

「她會感激不盡的，這我很肯定。」另外一名友人雖然這麼說，語氣中卻完全沒有感激之意，「可是，妳把她的頭壓到游泳池裡面的時候，把她的衣服全弄濕了。」

「我最痛恨有人把我的頭壓到游泳池裡，」貝德卡小姐說得含含糊糊，「有一次在紐澤西就是這樣，我差點沒淹死。」

「那妳更不應該再喝酒。」希維特醫生繼續對她說教。

「管好你自己吧！」貝德卡小姐激動地大喊，「你的手抖成那樣，我才不敢讓你動手術呢！」

那天晚上的對話就像這樣大同小異。我記得的事情，差不多只剩下我和黛西一起看著那位電影導演和他的巨星。他們仍然在那棵白梅樹下，臉和臉幾乎要貼在一起，一道細長淡白的月光夾在當中。我突然覺得，他彷彿花了一整個晚上的時間，極爲緩慢地朝著她彎腰，最後終於靠得如此之近，便在我的注目之中，彎下最後那一點點距離，在她臉上輕輕吻了一下。

「我喜歡她，」黛西說，「我覺得她很美。」

除此之外這派對的一切她都看不順眼，而且是無庸置疑地不喜歡；她的厭惡並非表現在身體姿勢上，而是一種情緒。西蛋，這個前所未有、從一介長島漁村搖身一變成爲百老匯的「神奇之地」，帶給她很大的衝擊——那股藏在老派文雅辭令下蠢蠢欲動的原始力量讓她不安；聚集於此的人透過西蛋這個捷徑發達然後衰敗，從一無所有又回到一無所有，這樣的命運突兀得讓她心驚。她純粹是因爲無法理解眼中所見到的人事物，心裡油然生出了一股厭惡感。

我和他們夫妻一起坐在屋前的階梯上等車子過來。這兒已經是一片漆黑，只有屋內的燈火從門口透出來，將一片十平方英尺大小的光亮鋪在夜色已深卻很舒服的凌晨之中。有時屋子上方的更衣室裡可以看到一個影子在百葉窗後面移動，讓路給另外一個影子，這重重無盡的人影彷彿正在擦脂上粉，努力打扮。

「這個蓋茲比到底是誰？」湯姆突然質問起來，「是哪個賣私酒的大盤商嗎？」

「你從哪裡聽到的？」我回問他。

「我不是聽到的，是我自己猜想的。這些最近一下子變得有錢的人，很多都只是私酒販子，你知道的。」

「蓋茲比不是。」我很簡短地說。

他沉默了一會兒，車道上的碎石子在他腳下喀啦喀啦響著。

「哼，他肯定花了不少力氣才找來這堆小丑。」

一陣微風拂動了黛西領口上的灰色皮毛。

「至少他們比我們平常認識的人有趣多了。」黛西說得有些勉強。

「妳看起來並不是很喜歡他們吧。」

「嗯，我很喜歡啊。」

湯姆哈哈笑了一聲，轉過頭來對著我說。

「那個女孩叫黛西帶她去沖冷水澡的時候，你有沒有注意到黛西的臉色？」

黛西開始隨屋裡傳出的音樂低吟起來，她的歌聲略微沙啞、帶著節奏，爲每個字眼重新賦予了一種無論是過去未來都不存在的全新意義。當旋律轉向高音，她的聲音碎成片片甜美溫柔，有如女低音般應和著曲子，每一次高低變化都向空中揮灑一些些溫暖同情的魔法。

「很多賓客都是不請自來的，」她突然開口，「那個女孩就沒有被邀請。他們就是這樣冒冒失失地闖進來，而他也因爲太有禮貌，不好意思拒絕。」

「我倒是想知道他是什麼人，做什麼事業的，」湯姆一味地堅持著，「而且我認爲我一定可以找出答案。」

「我現在就可以告訴你，」她回答，「他是開藥房的，很多間藥房。全都是他一手創辦的。」

遲到的大禮車慢慢開上車道。

「晚安，尼克。」黛西和我道別。

她的視線從我身上轉到階梯頂端那片從屋內透出來的光亮，敞開的大門飄送出當時流行的一首小華爾滋舞曲〈凌晨三點〉，優美的曲調帶著哀怨的色彩。其實，蓋茲比的派對中極度輕鬆愉快的氣氛，原本就蘊含了浪漫戀情的可能性，而那是她的生活裡面完全沒有的。旋律之中到底有些什麼，彷彿呼喚著她回到屋裡？在這迷離昏暗、難以預測的時刻裡會發生什麼事情？可能會出現某位意想不到的客人，或是某個很少現身、看了讓你大驚失色的人；也許會冒出某個花容月貌的少女對蓋茲比一見鍾情，這樣一次不可思議的相遇，便讓五年堅貞不渝的愛就此煙消雲散。

那天我待到很晚，蓋茲比希望我等到宴會結束、他能脫身之時。我一直徘徊在花園裡，終於那一大群游泳的人從漆黑的海邊上了岸，一面冷得發抖一面興奮歡呼，屋子上方客房的燈一一熄滅。最後他走下階梯，古銅色的臉龐顯得異常緊繃，他的眼神雖然疲倦，但依舊透著光彩。

「她不喜歡這個派對。」蓋茲比立刻說。

「她當然喜歡。」

「她不喜歡，」他還是堅持自己的想法，「她玩得並不開心。」

他沉默了，我想他的沮喪難以用言語表達。

「我覺得離她好遠，」他說，「很難讓她懂。」

「你是說跳舞的事情嗎？」

「跳舞？」他手指一彈，所有他跳過的舞就此灰飛煙滅，「老兄啊，跳舞根本就不重要。」

他要的不是別的，就是希望黛西能跑到湯姆面前說「我從來就不愛你」，用這句話將她和湯姆的四年婚姻一筆勾銷，接下來有什麼實際的打算再一起決定；其中一個就是在她重新恢復自由身之後，他們便回到她在路易斯維爾的老家結婚，就如同五年她從娘家出嫁那樣。

「只是她不懂。」他說，「她以前都懂的。我們會坐在一起，一坐就是好幾個小時……」

他突然沉默下來，開始來來回回地踱步，地上滿是丟得亂七八糟的果皮、沒人要的小禮物，以及踩得碎爛的花瓣。

「如果是我的話，我不會要求她太多，」我索性勸他，「過去的事情是不能重來的。」

「不能重來？」他無法置信地大喊，「爲什麼不能！當然可以！」

他狂亂地看著四周，彷彿那段過去就躲在屋子的陰影當中，就在他伸手可及之處。

「我會讓一切都跟從前一樣，」他堅定地點點頭，「她會看到的。」

他說了許多過去的事，我猜想他是希望能找回一些東西，也許是他愛上黛西之後內心的一些想法。自從愛上黛西，他的生活就變得混亂無序，但如果他可以再一次回到那個特別的地方，那個一切開始的地方，慢慢地重新回顧一次，他也許會明白那個失去的東西是什麼……

……五年前某個秋天的夜晚，他們走在街上，樹葉緩緩地飄落。他們來到一個地方，那裡一棵樹都沒有，月光下的人行道一片銀白。他們停下腳步，轉過身面對面。當時正是一年裡季節交替的時候，夜晚非常涼爽，充滿神祕的興奮感。謐靜的燈光從周圍房子的窗戶透出來，像是哼著曲子漫步在黑暗中，天上點點繁星也傳來陣陣騷動。蓋茲比從眼角餘光中看見人行道的石塊疊成了一道階梯，通向樹頂的一個神祕之地。他可以爬上去，只要是他一個人就沒問題，到了那邊他便可以吸吮生命的乳頭，吞下那無與倫比的神奇乳汁。

當黛西細白粉嫩的臉靠上來，他的心跳越來越快。他很清楚一旦親吻了這個女孩，他腦中那些無法言傳的神諭景象將和她凡人的氣息永遠結合，他的心思將不再像上帝那般靈動無方。因此他等了一下，讓耳朵傾聽音叉敲在星星上所傳出的悠長鳴聲。接著他親吻了她。當他們雙唇相接，她有如一朵嬌豔的花，爲他盡情綻放，他，蓋茲比整個蛻變爲凡人的過程至此大功告成。

儘管極盡感傷、深情款款，他的話卻讓我想起別的事情，是我很久以前聽過的一段模糊旋律，一小段佚失的歌詞。我張開嘴巴做好嘴型，努力想念出那失落的句子，但過了一會兒，卻像個啞巴張開雙唇，上下嘴唇彷彿在掙扎、在竭盡全力，不想只是流過一陣驚擾的氣息。但它們終究沒能發出聲音，我差點回想起的旋律和歌詞，就此永遠散落在無聲的世界裡。

譯註：

①曼堤農夫人（Madame de Maintenon，一六三五～一七一九）為法國路易十四的第二任太太，也是祕密情人，因為他們的婚事從頭到尾都沒有正式宣布。

第七章

就在大家對蓋茲比的好奇心到達頂點之際，某個星期六的晚上，他的屋子卻一片黑暗，不見之前的燈火輝煌。他那有如特里馬奇歐①喜歡舉辦豪奢派對的作風一開始就不知所以，現在也結束得莫名其妙。我也漸漸注意到，那些懷著滿腔期待開進他家車道的汽車只停留了一分鐘，便悻悻然開走了。我在想他是不是生病了，所以過去關心一下。一個面貌凶惡的陌生管家開了門斜著眼看我。

「蓋茲比先生病了嗎？」

「沒有——先生。」他停頓了一下，才慢吞吞不情願地加上「先生」二字。

「我最近都沒有看到他，讓我很擔心。請告訴他，在下卡拉威來拜訪過。」

「誰？」他的口氣粗魯無禮。

「卡拉威。」

「卡拉威啊。好吧，我會告訴他。」說完狠狠地「碰」一聲把門關上。

我家那位芬蘭太太告訴我，蓋茲比一個星期前把家裡所有的僕人都遣散了，另外找了六個人來代替，這些人從來不到西蛋村買東西，好順便收取商家的賄賂巴結，只透過電話訂購適量的生活用品。雜貨店的男孩送完貨之後說，豪宅廚房現在看起來像個豬圈，西蛋村的人普遍認為這些新來的人根本不是什麼僕人。

隔天蓋茲比打電話給我。

「要出去嗎？」我問他。

「不了，老兄。」

「我聽說你把所有的僕人都開除了。」

「我想要一些不會閒言閒語的人。黛西常常來，通常是在下午。」

所以這座豪華大酒店就像撲克牌堆起來的屋子般，一整個垮掉了，就因為黛西看不順眼。

「他們是在沃夫顯底下做事的人，都是兄弟姊妹。他們以前經營過一間小旅館。」

「原來是這樣。」

他這次打電話來是黛西的意思，想問我明天有沒有空去她家吃午飯。貝克小姐也會去。過了半小時，黛西自己打電話過來，聽到我會去她似乎鬆了一口氣。感覺像是有什麼事情正在醞釀。我只是不敢相信，他們會挑選這個時機製造這樣的局面，尤其是目睹蓋茲比上回在花園裡心情很糟的模樣之後。

隔日天氣異常炎熱，大概是這個夏季最後的一個熱天了，也肯定是最熱的一天。我搭的火車從隧道出來迎上陽光，只聞全國餅乾公司熱烈的哨子聲打破了午時悶熱的靜默。車上淡黃色的座椅燙得只差沒燒起來，坐在我旁邊的女士仍一派優雅，即使白襯衫都被汗浸透了也不爲所動，可是後來連手上的報紙都被指頭捏得潮潮的，她喟然一嘆，無助地往椅背上一靠，任由酷熱擺布。她的手提袋啪啦一聲掉在地板上。

「喔，糟糕！」她喘著氣說。

我艱難地彎下腰把手提袋撿起來，再交還給她。儘管我拿著手提袋時手伸得直直的，而且捏著袋邊最角落的地方，表示我沒有想要趁機占爲己有，但我身邊所有人，包括那位女士還是一臉懷疑的表情。

「好熱！」查票員對著熟面孔乘客說，「什麼鬼天氣！眞熱！熱死人！熱得要命啊！是不是很熱？很熱對吧？很……？」

我的車票回到手上時被他的手染了一個黑黑的印子。這種熱昏了頭的天氣，誰還會在乎親吻了誰的豔紅雙唇！誰還會搭理心口讓誰倚靠著而濡濕了睡衣口袋！

……布坎南的屋子大廳吹過一陣微弱的穿堂風，我和蓋茲比正在門口等候，電話鈴聲隨風傳到耳中。

「主人的屍體！」管家對著話筒大吼，「夫人，非常抱歉，我們沒辦法送過去，中午天氣實在太熱，屍體被曬得熱騰騰的根本碰不得。」

其實管家說的是：「好的……是！是……我去看看主人在不在。」

他放下話筒，朝著我們走過來，全身彷彿因流汗而閃著微光，他接過我們的硬質草帽。

「夫人已經在客廳等候！」他的聲音很大，指著客廳的方向，實在是多此一舉。在這種大熱天裡，任何多餘的動作都像在浪費生命。

遮陽篷遮去了大半的光線，客廳裡透著一股陰涼。黛西和裘丹躺在一張巨大沙發上，宛如兩尊銀色人偶，鎮著自己身上的白色衣服，不讓嗡嗡作響的風扇吹得飛起來。

「我們不能動。」她們兩個異口同聲地說。

裘丹的手伸過來握著我一會兒，她的古銅色皮膚上了一層薄粉。

「馬球名人湯姆・布坎南先生在哪裡？」我問。

話才一出口，我就聽到他粗糙沙啞的聲音模糊不清地在大廳那裡說著電話。

蓋茲比站在深紅色的地毯中央，著迷地看著客廳四周的布置。黛西看著他的樣子笑了出來，那個笑容之甜美燦爛，彷彿一陣細微的蜜粉霧在她胸口起伏中飛揚起來。

「聽說啊，」裘丹低聲說，「打電話來的是湯姆的情婦呢。」

大家都不說話。大廳裡的說話聲因爲煩躁而越來越響亮：

「很好，那樣的話，我這車就不賣你了……我又不是欠了你什麼……而且你在午飯時間打電話來吵我，我完全不能忍受這種事！」

「電話都掛了還繼續講。」黛西諷刺地說。

「不是的，他說的是真的，」我很肯定地對黛西說，「這樁買賣是真有其事。我碰巧知道了一些。」

湯姆猛一下把門打開，厚重的身子擋在門口站了一會兒，這才快步走進客廳。

「蓋茲比先生！」他伸出寬大的手掌，巧妙地隱藏了自己的厭惡之情，「真高興看到你，先生……尼克你也好啊……」

「去幫我們準備一些冷飲。」黛西大聲地說。

湯姆又離開了客廳，前腳剛走，黛西馬上站起來走到蓋茲比面前，捧著他的臉拉到自己面前，在嘴上親了一下。

「你知道我是愛你的。」她輕輕柔柔地說。

「妳忘了這裡還有另外一位女士。」裘丹說。

黛西疑惑地看看四周。

「那妳也去親尼克好了。」

「哼，真是個低俗的女孩！」

「我才不在乎呢！」黛西高聲地說，隨即在磚頭火爐前踢踏跳了幾下舞。只是她想到天氣炎熱，又很失望地坐回沙發上。這時一位衣裝明亮清潔的保母帶著一個小女孩進了客廳。

「我的心……肝……寶……貝呦！」黛西嬌滴滴地說，雙手大開，「最愛妳的媽媽在這裡喔！趕快過來吧！」

保母放開手，小女孩快步跑到客廳這一頭，羞答答地投入媽媽的懷中。

「我的心……肝……寶……貝喔！媽媽的粉有沒有沾到妳淡黃色的頭髮啊？現在站起來，去跟客人問好。」

蓋茲比和我輪流彎身握了一下那隻不情願的小手。之後蓋茲比很驚訝地一直看著這個小女孩，我想他以前從來不相信這個小孩的存在。

「還沒吃午飯我就先換好衣服了耶。」小女孩迫不及待地轉過身對黛西說。

「那是因爲媽媽想好好拿妳來炫耀一番啊。」小女孩仰著臉，又白又細的脖子上摺出一條紋，黛西彎身把臉靠在小孩的脖子上，「妳這小可愛喔妳。天底下最可愛的就是妳了。」

「就是啊。」小女孩很平靜地接受了讚美，「裘丹阿姨也穿白衣服啊。」

「妳喜不喜歡媽媽的朋友？」黛西轉過她的身子，面朝蓋茲比，「妳覺得他們長得好不好看？」

「爹地在哪裡？」

「她跟她爸爸長得不像，」黛西試著解釋，「她比較像我。她有我的頭髮和臉型。」

黛西往後朝沙發一坐。保母向前一步，牽起小女孩的手。

「來，帕咪。」

「乖，去吧，寶貝！」

很有教養的小女孩牽著保母的手，依依不捨地回頭看了一眼，保母才將她帶到門外。剛好湯姆回來，手上端著四杯琴酒和萊姆汁調出的琴瑞奇，杯裡滿滿的冰塊叮噹作響。

蓋茲比伸手拿了一杯。

「這些酒看起來眞的好冰。」看他說話就知道他很緊張。

我們貪婪地咕嘟咕嘟喝得一滴不剩。

「我看過某篇報導，說太陽會一年比一年熱，」湯姆很親切地說，「似乎地球很快就會掉到太陽裡面，嗯，等一下，剛好相反，太陽一年比一年冷才對。」

「到外頭去吧，」他對蓋茲比提議，「我想帶你到處看看。」

我跟著他們來到外頭的陽臺。海灣一片碧綠，酷熱的天氣似乎讓海水都停滯發臭，一艘小帆船緩緩地搖啊搖，朝著海水比較新鮮的遠方航去。蓋茲比的視線一直跟著那艘船，他舉起手，指著海灣的對面。

「我家就在你們家正對面。」

「沒錯。」

我們一一看過玫瑰花床和曬得滾燙的庭院，連海岸邊叢生的雜草也一起欣賞了。船的白色側翼緩緩沿著海天交接的藍色分際線移動，往前則是一片波浪蕩漾彷彿鑲著荷葉邊的大海，以及許多美麗的小島。

「看到沒，那才叫做運動，」湯姆邊說邊點頭，「我就想跟著那艘船出海，玩個一兩小時。」

我們回到屋內餐廳吃午飯，這裡和客廳一樣爲了擋陽光遮得不見天日，大家強顏歡笑喝著冰冷的啤酒。

「我們今天下午要做什麼啊？」黛西大嘆，「還有明天下午，還有接下來三十年的下午呢？」

「別杞人憂天了，」裘丹說，「反正到了秋天，舒爽的天氣自然會讓生活恢復正常。」

「但是眞的好熱啊，」黛西幾乎要哭出來了，「什麼事情都弄得亂七八糟的。我們一起到城裡去吧！」

她的聲音在燥熱中翻騰掙扎，不斷敲打著，將無知無覺的熱鍛造出形狀。

「我聽過有人把馬廄改建成車庫，」湯姆對蓋茲比說，「但是啊，我可是第一個把車庫改建成馬廄的人。」

「誰要去城裡啊？」黛西很堅持。蓋茲比的視線飄到她的臉上。「啊，」她大叫一聲，「你好涼爽喔。」

他們目光交會，彼此凝視著，完全忘了旁人的存在。黛西好不容易才把頭低下來看著桌子。

「你一直都好涼爽的樣子。」她又重複說了一次。

這話擺明說的就是她愛他，連湯姆都看出來了，心裡又驚又恐。他的嘴巴微張，眼睛先看看蓋茲比，又轉去看黛西，好像她是很久以前相識的某個人，但剛剛才突然認出來。

「你好像廣告裡面那個人，」黛西仍渾然不覺地繼續說著，「你知道那個廣告的，裡面那個男人……②」

「好啊，」湯姆突然出聲打斷黛西的話，「我也想去城裡走走，想得不得了。走！我們大家一起到城裡去。」

他站起來，視線仍然在蓋茲比和自己太太身上來回逡巡。沒有一個人動一下。

「走啊！」他更暴躁了些，「現在到底是怎樣啊？要去的話，我們就去啊！」

他把最後一杯啤酒拿起來喝掉，手因爲壓抑著怒氣而微微發抖。黛西一開口，我們全都站了起來，走到外頭熱辣辣的碎石車道上。

「我們現在就去嗎？」她有些不滿，「就這樣？不先讓客人抽根菸嗎？」

「吃午飯的時候大家不都在抽菸嘛。」

「喔，那我們開心一點吧，」她語帶懇求，「天氣太熱比較容易煩躁。」

他沒有答話。

「隨你的意吧，」她說，「裘丹，走吧。」

她們兩個上樓去準備，我們三個大男人站在原地，用腳撥弄著地上滾燙的碎石頭。一抹銀色新月已經掛在西邊的天際。蓋茲比張嘴想要說話，卻又臨時改變主意，只是湯姆已經轉過頭來面向他，等著聽他說些什麼。

「你的馬廄在這裡嗎？」蓋茲比硬生生擠出一個問題。

「沿著這條路下去四分之一英里左右就是。」

「喔。」

沒人接話。

「我就不懂為什麼要去城裡。」湯姆突然氣沖沖地說，「女人腦袋裡面想得淨是這些……」

「我們是不是要帶點什麼東西喝啊？」黛西從樓上窗戶往下喊。

「我去拿點威士忌。」湯姆回答之後進了屋內。

蓋茲比全身僵硬地轉向我。

「我在他家裡什麼話都不能說，老兄。」

「她說話的聲音很輕浮，」我把內心的想法說出來，「她的聲音裡全是……」我猶豫了一下。

「她的聲音裡全是錢。」他突然接口。

一點都沒錯。我之前一直都不明白。全是錢。她的聲音散發著無窮無盡的魅力，或抑揚頓挫，或叮噹作響，或鐃鈸齊鳴。她宛如一個高高在上的公主，身在一座白色宮殿之中。她就像一個黃金打造出來的女孩……

湯姆從屋裡走出來，手上拿著包了毛巾的小半瓶酒，後頭跟著黛西和裘丹，她們頭上戴著緞面小帽，手臂上搭著薄披肩。

「大家一起搭我的車去？」蓋茲比提議，又摸了摸曬得滾燙的綠色椅墊，「我該把車子停在樹蔭下的。」

「這是標準排檔嗎？」湯姆態度蠻橫。

「是的。」

「那麼你開我的小跑車，我開你的車進城。」

蓋茲比並不喜歡這個提議。

「我想車子裡的油不是很多。」他表示反對。

「油多得很哪，」湯姆一臉焦躁，看了看油錶，「要是眞的沒油，只要找家藥房就好了。現在的藥房什麼都有得買。」

這句聽起來毫無說服力的話讓大家都沉默了下來。黛西看著湯姆，眉頭緊皺，蓋茲比臉上掠過一抹難以言喻的表情，這個表情一開始讓我有種全然陌生的感覺，但後來又隱隱覺得在哪裡看過，好像在什麼地方聽人說過。

「走了，黛西。」湯姆一面說，一面用手推著黛西往蓋茲比的車子走，「我用這部馬戲團的花車載妳。」

他打開車門，但是她從他的臂彎掙脫。

「你載尼克和裘丹。我們開小跑車跟在你後面。」

她走到蓋茲比身邊，用手拍了一下他的外套。裘丹、湯姆和我一起坐進車子的前座。湯姆從來沒有開過這種車，他試了一下排檔，我們咻一下衝進透不過氣的高溫裡，把他們遠遠拋在後面。

「你們看到了嗎？」湯姆忿忿地問。

「看到什麼？」

他很仔細地看了我一下，認定裘丹和我一定從頭到尾都知情。

「你覺得我很蠢，對不對？」他說，「也許我是蠢，但是我有一種……像是另一對眼睛，可以看到別人看不到的事情，並不是每次都會看見，不過它會告訴我該怎麼做。也許你不相信，但是科學……」

他停頓了一下。眼前的處境占據了他大部分的心思，適時將他從科學理論的深淵拉回來。

「對於這個傢伙，我做了一點小小的調查，」他繼續說，「我還可以調查得更徹底的，只要我知道……」

「你是說你找過靈媒了嗎？」裘丹很幽默地問。

「什麼？」他一頭霧水地看著我倆大笑，「靈媒？」

「就是去問蓋茲比的事情啊。」

「問蓋茲比的事情！我才沒有。我是說，我對他的過去做了一點小小的調查。」

「所以你發現了他是牛津大學畢業的。」裘丹很好心地提示了一下。

「牛津大學畢業的！」他一副懷疑的表情，「他是才怪！他的衣服可是粉紅色的。」

「不管怎麼說，他就是牛津大學的畢業生。」

「新墨西哥州的牛津鎮嗎？」湯姆很輕蔑地從鼻孔哼了一聲，「要不然也是跟那裡差不了多少的地方。」

「我問你，湯姆，如果你這麼看不起他，爲什麼還要請他來吃午飯呢？」裘丹一副很不以爲然的樣子。

「是黛西邀請他的，我們結婚之前他們就認識了，天曉得是在哪裡！」

隨著體內的酒精慢慢消退，急躁的感覺也漸漸浮出來，我們自己也注意到這一點，因此大家都很沉默，就這樣開了一段路。開著開著，路的那頭出現了艾科伯格醫生褪色的眼睛，我突然想起蓋茲比提到車子汽油不太夠的事情。

「車子的油足夠載我們到城裡。」湯姆說。

「但是那裡就有一間修車行啊，」裘丹不認同地說，「我才不想在這種都快被烤成人乾的大熱天還碰上車子拋錨。」湯姆一臉不耐，手腳同時煞車，我們急停在威爾森修車行招牌底下，激起了一陣煙塵。不一會兒，老闆從車行裡頭走出來，眼神空洞地盯著車子。

「喂，加油！」湯姆很粗魯地大喊，「你當我們停在這裡做什麼，看風景嗎？」

「我身體不舒服，」威爾森說話時動也不動，「一整天都不舒服。」

「發生什麼事了？」

「我累壞了。」

「這樣的話，我自己動手可以吧？」湯姆問得很直接，「你在電話裡聽起來好得很啊。」

威爾森有點艱難地從陰影處走出來，手撐在門框上呼呼喘氣，另一隻手伸出去把油箱蓋旋開。他的臉在陽光下有點泛青。

「我不是故意打擾你吃午飯，」他說，「但是我急需用錢，所以我才一直在想你要怎麼處理那部老車。」

「你看這部怎麼樣？喜歡嗎？」湯姆問他的看法，「我上個星期買的。」

「很漂亮的黃色，」威爾森一面說，一面用力扳著把手加油。

「想買這部車嗎？」

「很想啊，」威爾森露出淡淡的微笑，「想是想，但是另外一部車可以讓我賺點錢。」

「你需要錢做什麼？這麼突然？」

「我已經待在這裡太久了，我想到別的地方去。我太太跟我想往西岸發展。」

「你太太想去？」湯姆大驚失色。

「她已經講了十年了，」他把身子倚靠在加油檯休息，手抵在眼睛上遮著陽光，「現在不管她願不願意都得去了。我要把她帶走。」

小跑車從我們身旁咻一下開過去，帶起一陣煙塵，還有一隻打招呼的手一閃而過。

「油錢多少？」湯姆又急又凶地問。

「最近兩天我剛好注意到有些事情不太尋常，」威爾森很認眞地說，「所以我才想離開這裡。所以我才跑去煩你賣車的事情。」

「油錢多少？」

「二十元。」

毫不留情的酷熱漸漸讓我頭昏腦脹，什麼都搞不清楚，這陣不舒服的感覺過去之後，我才想到，威爾森到目前為止都還沒有疑心到湯姆身上。他發現的是，美朵自己另有一番天地，過著某種他不知道的生活，他心裡吃驚，身體也就跟著病了。我看看他，再看看不到一個小時之前也發現同樣事情的湯姆，突然覺得，男性不管在智力或是種族上其實都沒有什麼差別，但是有沒有生病一眼就可以看出來。威爾森病得這麼厲害，看起來像犯了什麼罪，某種不可饒恕的罪，好像他剛剛欺負了哪個女孩，把人家的肚子弄大了。

「我會把車賣給你，」湯姆說，「明天下午我叫人送過來。」

這個地方總是隱隱有種不安，即使在下午光天化日之下也是一樣。我轉過頭，彷彿有人提醒我什麼東西就在背後。在垃圾堆上，艾科伯格醫生的大眼睛一如往常地守望著，但過了一會兒我察覺到，另外一雙眼睛就在不到二十呎外正目光如炬地看著我們。

修車廠上方有一扇窗戶的簾子朝旁邊微微掀開了一道縫，美朵・威爾森正躲在後面從上往下看著車子。她看得實在太專心，完全沒意識到也有人在看她，她的臉上閃過一個又一個神情，好像洗照片的時候，裡面的人物景色逐漸浮現出來那樣。她的表情有種奇特的熟悉感，我常常在女人臉上看到這樣的表情，但是美朵如此這般似乎沒有道理，不知該從何解釋起。後來我才發現，她那嫉妒驚駭的目光並不是針對湯姆，而是裘丹・貝克，因爲她把裘丹錯認成湯姆的太太。

頭腦簡單的人一旦亂了方寸，亂得比誰都徹底。我們駛離修車行時，緊張的情緒如同熱辣辣的鞭子一下下抽打著湯姆的內心。一個小時之前，他的太太和情婦都還安安穩穩地在他的掌控之中，轉眼之間兩個都要從他的手上溜走。他本能地踩下油門，心裡只有兩個想法——要把黛西搶回來，美朵就不要了。我們以每小時五十英里的速度奔向阿斯托利亞，到了高架鐵路下方錯綜複雜的鋼梁，才看到那部輕鬆自在的藍色小跑車。

「五十街附近有幾間大電影院很涼快，」裘丹提議，「我很喜歡夏天的紐約午後，大家都跑得不見人影。那時會有一種非常舒服的感覺，就好像什麼水果都熟透了，各種千奇百怪的水果都會掉到你的手裡。」

「舒服」這個字眼反而讓湯姆更不安，他還沒來得及回話，就看到小跑車在路旁停下來，黛西招著手要我們停在旁邊。

「我們要去哪裡啊？」她大喊。

「看電影怎麼樣？」

「太熱了，」她發著牢騷，「你們去好了。我們到處逛逛，等一下再和你們碰面。」她好不容易才擠出一句打趣的話，「我們待會兒跟你們在街角碰面。你們看到那個嘴上叼兩根菸的人就是我啦。」

「我們不能在這裡討論要去哪裡，」湯姆很不耐煩地說，一輛大卡車在我們後面狂按喇叭，幾近咒罵，「你們跟著我到中央公園南邊，廣場大飯店前面。」

一路上他不斷回頭看他們的車有沒有跟上，如果交通不順暢，黛西他們被拖慢了速度，他就會放慢，等小跑車追上來。我想他真的很怕他們衝進某條小巷，就這麼從他的生活中永遠消失。

不過他們並沒有這麼做。接下來的事情很難解釋清楚，因爲我們在廣場大飯店租了一個房間，全部的人都待在客廳裡。

結果，我們一群人鬧哄哄地進了那個房間，不過在此之前那場冗長吵鬧、七嘴八舌的爭辯我倒是忘了。但我記得非常清楚的是，在騷動混亂之中，我的內衣褲像條濕黏的蛇順著腿一直爬上來，背上汗水狂流。租房間的想法原本是從黛西那裡來的，她覺得我們應該租五個房間，各自去沖個冷水澡，接著又設想了一個更實際的方案，只要「找個地方喝杯冰鎮薄荷酒就好啦」。我們每個人都不斷告訴她，這個想法實在「太瘋狂」，可是後來又全部跑去找飯店的櫃檯小姐，你一言我一語弄得人家一頭霧水，心裡還認爲，或者說心裡明知不是如此，卻硬要覺得這麼做很好玩……

房間很大也很悶，儘管已經四點鐘了，窗戶打開也只有公園的灌木叢吹過來的熱風。黛西走到鏡子前面，背對著我們整理起頭髮。

「這個房間好漂亮啊！」裘丹小聲地說，臉上裝出一副畢恭畢敬的模樣，每個人都被她逗得笑了出來。

「打開另外一扇窗戶，」黛西頭也不回地直接下令。

「沒有其他的窗戶了。」

「這樣的話，我們最好打電話叫他們送把斧頭上來。」

「應該做的是把它忘掉，」湯姆很煩躁地說，「妳這樣嘀嘀咕咕一直嘮叨只會熱得更厲害。」

他解開包著威士忌酒瓶的毛巾，把酒放在桌子上。

「別這樣說她吧，老兄？」蓋茲比說，「是你說想要到城裡來的。」

大家好一陣子都不出聲。電話簿突然從掛釘上掉下來，「啪」一聲掉在地上，裘丹立刻低聲地說「啊，眞不好意思」，只是這次沒有人笑。

「我來撿吧。」我自告奮勇。

「我來吧。」蓋茲比檢查著斷掉的串繩，嘴裡咕噥著「嗯！」好像那根繩子斷得很有意思，接著他又把電話簿往椅子上一丟。

「你那樣叫人還眞是了不起啊，是不是？」湯姆的口氣尖酸刻薄。

「什麼？」

「就是每個人都是你的『老兄』啊。你到底從哪裡學到的？」

「湯姆，你給我聽清楚，」黛西從鏡子那邊轉過來，「如果你打算給人難堪，我立刻就走。去給我打電話，叫人送冰塊上來做冰鎮薄荷酒。」

湯姆一拿起話筒，房間裡那股悶得發緊的熱氣彷彿化成喇叭的聲音爆發了出來，我們聽著樓下舞廳傳來的音樂聲，那是孟德爾頌的婚禮進行曲，彷若某種不祥的預兆。

「眞想不到有人會挑這種大熱天結婚！」裘丹悶得大喊出來。

「還是有的，我就是六月中旬結的婚，」黛西回憶著，「六月的路易斯維爾！有人還暈倒了。湯姆，暈倒的那個是誰啊？」

「畢羅西。」他短短地回了一句。

「一個叫畢羅西的人，『方塊』畢羅西。他的工作就是做盒子，千眞萬確，而且他是從田納西州的畢羅西鎮來的。」

「他們把他抬到我家來，」裘丹繼續補充，「因爲我家和教堂之間只隔了兩戶人家。他在我家足足待了三個星期，直到爹地叫他滾蛋。他走了之後，隔天爹地就死了。」過了一會兒，她彷彿覺得剛剛的口氣太失禮，才又加了一句，「這兩件事情沒有關係。」

「我以前認識一個從曼菲斯來的比爾・畢羅西。」我說。

「那是他的表哥。他離開的時候，他的家族有些什麼人我已經都一清二楚。他還給了我一根鋁製的推桿，到現在我還在用。」

隨著結婚典禮開始，音樂聲也逐漸變小，一陣持續不墜的歡呼聲從窗戶飄進來，緊接著是不絕於耳的「好棒！眞美！」呼喊聲，最後響起一陣爵士樂，舞會開始了。

「我們都老了，」黛西說，「如果我們還年輕，就會站起來跟著跳舞了。」

「別忘了畢羅西就是熱昏的。」裘丹提醒她，「湯姆，你是在哪裡認識他的？」

「畢羅西？」他努力想了一會兒，「我不認識他。他是黛西的朋友。」

「他才不是，」黛西立刻加以否認，「我以前從來沒見過他。可是他來參加婚禮的確是搭我們的車子。」

「沒錯，因爲他說他認識你，還說他在路易斯維爾長大。雅撒・博德在我們臨出發前把他帶過來，問我們有沒有多的位置給他坐。」

裘丹面露微笑。

「他可能是打算一路騙吃騙喝吧，搭個免費的順風車回家。他跟我說，他是你們耶魯那一班的班長。」

湯姆和我對看一眼，神色茫然。

「畢羅西？」

「首先，我們根本沒有什麼班長……」

蓋茲比的腳在地上又短又急地點了幾下，湯姆忽然看著他。

「對了，蓋茲比先生，我聽說你是牛津畢業的。」

「不能算是。」

「喔，是了，我想你去過牛津大學。」

「是的，我去過。」

沒有人說話。接著湯姆用一種懷疑又羞辱的口氣說：「你去念牛津的時候，肯定跟畢羅西去念耶魯差不多同時吧。」

又安靜下來。一個服務生敲敲門，端著碾碎的薄荷葉和冰塊進來，只是他的一聲「謝謝」還是沒能打破房間裡的沉默，他輕輕地掩上門出去。蓋茲比和牛津的關係終於到了眞相大白的時候。

「我說過我去過那裡。」蓋茲比說。

「我聽到了，但是我想知道你是什麼時候去的。」

「是一九一九年，我在那裡只待了五個月。這就是爲什麼我不願自稱是牛津大學畢業的人。」湯姆看看四周，想知道有沒有人跟他一樣不相信蓋茲比的話。但是大家都看著蓋茲比。

「那是停戰之後，他們讓一些軍官有繼續念書的機會。」蓋茲比繼續說，「我們可以去英國或法國的任何一所大學。」

我眞想站起來拍一下他的背表示讚許。我感覺自己對他的信任又完全恢復，就像先前那樣。黛西站起來走到桌子旁邊，臉上露出淺淺的微笑。

「湯姆，把威士忌打開，」她用命令的語氣說，「我會幫你調一杯冰鎮薄荷酒。這樣可能會讓你覺得自己沒有那麼蠢……看看這些薄荷葉！」

「等等，」湯姆猛喝一聲，「我想問蓋茲比先生另外一個問題。」

「請說。」蓋茲比很有禮貌地說。

「你在我家興風作浪到底有什麼目的？」

他們終於要攤牌了，這正合了蓋茲比的意。

「他才沒有要興風作浪。」黛西的視線在兩人之間打轉，臉上滿是絕望，「是你在無端生事。拜託你自制一點。」

「自制！」湯姆無法置信地重複了這個字詞，「我猜現在最流行的，就是什麼都不做，讓不知道從哪裡來的雜碎跟你的老婆胡搞吧。很好，如果眞是這樣，那你就當我落伍好了……現在誰還在乎什麼家庭生活跟家庭制度，再這樣下去，不就要造反了，連黑白通婚都可以接受了。」

他激動得胡言亂語面紅耳赤，彷彿看著自己正孤軍奮戰，捍衛著文明的最後一道防線。

「我們這裡都是白人啊。」裘丹低聲地說。

「我知道我不是很受歡迎，我不會辦什麼盛大的派對。我猜想現在這個社會，你得把自己的房子弄得跟豬圈一樣才能交得到朋友。」

儘管我聽了一肚子火，在場其他人也跟我差不多，但每次他一開口，我總會有一種忍不住想笑的感覺。從浪蕩成性到道貌岸然，一個人竟然可以轉變得如此徹底。

「我有事要告訴『你』，老兄……」蓋茲比一開口，黛西就猜到他的意圖。

「拜託，別說！」她打斷蓋茲比的話，不知道該怎麼辦才好，「我們大家都回去吧，拜託。我們走吧，好不好？」

「就這麼辦吧。」我站起來，「走吧，湯姆。沒人想喝酒。」

「我想知道，蓋茲比先生有什麼事情非要告訴我不可。」

「你的太太不愛你，」蓋茲比說，「她從來沒有愛過你。她愛的是我。」

「你根本就瘋了！」湯姆不假思索就脫口大喊。

蓋茲比蹦一下從椅子上跳下來，矯健中帶著一股興奮。

「黛西從來就不愛你，你聽清楚了嗎？」他大聲地說，「她嫁給你只是因爲我那時候很窮，她沒有辦法再等下去。那是個可怕的錯誤。但是在她的內心深處，她從來沒有愛過任何人，除了我以外！」

這個時候，裘丹和我本來想要告辭，但湯姆和蓋茲比兩人爭先恐後堅持要我們留下，彷彿他們二人一切坦蕩，沒有隱藏什麼事，而且能親身感受他們的情緒是我們莫大的榮幸。

「黛西，坐下。」湯姆想用長輩對晚輩的口吻說話，只是模仿得很失敗，「到底是怎麼回事？給我一五一十地說清楚。」

「我已經說得很清楚了，」蓋茲比說，「五年了，你什麼都不知道。」

湯姆猛一轉身看著黛西。

「過去五年，妳一直在跟這個傢伙幽會？」

「不是這樣，」蓋茲比說，「我們根本無法見面。但是我們彼此一直深愛著對方，老兄，而你一點都沒察覺。有時候，我想到你什麼都不知道，就會忍不住笑出來。」但他的眼中並沒有笑意。

「喔，只是這樣啊。」湯姆往後一坐，像牧師一樣闔起手掌，粗厚的手指搭搭搭地互敲。

「你這個瘋子！」湯姆突然大喝一聲，「我是不知道五年前發生了什麼事，因爲那個時候我還不認識黛西。不過我怎麼看就是看不出你是怎樣接近黛西的，除非你是送貨到她家後門。至於其他的部分你根本是胡說八道亂扯一通，黛西嫁給我的時候是愛我的，她現在還是愛我。」

「不是的。」蓋茲比邊說邊搖頭。

「就是這樣。問題在於，她有時候會胡思亂想一些傻事，也不知道自己在做什麼。」湯姆邊說邊點頭，一副自覺英明睿智的模樣，「更重要的是，我也愛黛西。我雖然偶爾會鬧出一些事情來，把自己弄得跟笨蛋一樣。但是我總會回到黛西身邊，在我心裡，我一直都是愛著她的。」

「你眞是噁心。」黛西說。接著，她轉過身來對我說話，聲音一下子掉了八度，話中的輕蔑低迴在整個房間裡，「你知道我們爲什麼離開芝加哥嗎？我很驚訝他們沒有告訴你，那場『小小』鬧劇弄成什麼樣子。」

蓋茲比走過去站在她的身邊。

「黛西，現在一切都結束了。」他眞摯地說，「那些事情都不重要。只要告訴他實情，告訴他妳從來沒有愛過他，所有的過去就此一筆勾銷。」

她旁若無人地望著他，「怎麼會……我怎麼會愛他……怎麼可能？」

「妳從來就不愛他。」

黛西遲疑了。她的視線轉向裘丹和我，像是希望我們能幫助她回答這個問題，彷彿她終於明白自己做了什麼事情，彷彿眼前發生的這一切從來就不是她所願。但是木已成舟，到了這個地步已經太遲了。

「我從來沒有愛過他。」聽得出來她的聲音裡有一點勉強。

「在夏威夷的卡皮歐拉尼也沒有？」湯姆忽然問。

「沒有。」

樓下的舞池隱約傳來模糊的旋律，隨著一波波熱氣飄送上來。

「那天我怕妳弄濕了腳，特別抱著妳從龐奇包爾下來，那時妳也不愛我嗎？③」湯姆沙啞的聲音中流露著一股溫柔……「黛西？」

「拜託，別說了。」她的聲音雖然冷漠，但已然沒了之前的怨懟。她看著蓋茲比，「傑，拿菸給我。」她想點根菸，手卻顫抖著不聽使喚，索性把菸一丟，在地毯上燒出一塊焦痕。

「喔，你要得太多了！」她哭著對蓋茲比說，「我現在愛的是你，這樣還不夠嗎？過去的事情我也無能為力啊。」她無助地啜泣起來，「我以前是愛過他，但是我也愛你。」

蓋茲比的眼睛張開又闔上。

「你『也』愛我？」他重複了黛西的話。

「這其實是謊話，」湯姆狠狠地說，「她根本不知道你還活著。哼，我跟黛西之間有些事你永遠也不會知道，有些事是我們一輩子也忘不了的。」

這些話像在嚙咬著蓋茲比全身，使他痛苦難當。

「我希望單獨和黛西聊聊，」蓋茲比的語氣非常堅定，「她現在太激動了……」

「即使是單獨跟你談，我也沒辦法說我從來沒有愛過湯姆。」她承認了這一點，聲音哀戚，「因為那不是真的。」

「當然不是眞的。」湯姆大表同意。

她轉向湯姆。

「說得好像你眞的在意一樣。」她說。

「當然在意。從現在開始，我會更關心妳，把妳照顧得更好。」

「你還是搞不清楚，」蓋茲比的聲音裡有一絲緊張，「你已經不用再照顧她了。」

「我不用？」湯姆眼睛瞪得老大，「哈」一聲笑出來。他的情緒已經控制住，「這話怎麼說？」

「黛西要離開你了。」

「胡說八道。」

「我是要離開你。」看得出來，她花了不少力氣才說出這句話。

「她才沒有要離開我！」湯姆忽然對蓋茲比惡言相向，「她絕對不會爲了一個任誰都看得出是騙子的人離開我，這種傢伙連結婚戒指都得用偷的！」

「這樣的話我聽不下去！」黛西大叫，「喔，拜託，我們走吧。」

「你到底是什麼人？」湯姆一口氣爆發出來，「說穿了，不過就是跟梅耶・沃夫顯一起鬼混的敗類，這我碰巧知道。我已經對你做的一些勾當調查了一番，我明天還會更進一步調查。」

「你要做什麼調查請自便，老兄。」蓋茲比神色自若地說。

「我查出來你那些『藥房』到底是怎麼回事。」他轉過身來朝我們說得口沫橫飛，「他和這個叫沃夫顯的人在這裡跟芝加哥買下很多小巷子裡的藥房，然後把酒精當成藥來賣。那就是他賺錢的小祕訣。我第一次看到他就說他是賣私酒的，現在看來也沒差太多。」

「這有什麼值得大驚小怪的嗎？」蓋茲比維持一貫的禮貌態度，「我想你的朋友華特．卻斯加入我們的時候可是高興得很。」

「所以你就這樣棄他於不顧，不是嗎？你讓他在紐澤西的監獄待了一個多月。天啊！你眞該聽聽華特是怎麼說你的。」

「他來找我們的時候身無分文，能有這個機會賺點錢自然是很高興，老兄。」

「你再敢叫我『老兄』試試！」湯姆大吼。

蓋茲比一言不發。

「華特也可以告你違法賭博，只是沃夫顯嚇得他什麼話都不敢說。」

蓋茲比的臉上又出現那個少見卻讓我印象深刻的表情。

「那些藥房的生意只是小意思而已，」湯姆慢條斯理地繼續說，「你目前在做的事情，連華特都怕得不敢透露給我。」

我望向黛西，她眼睛睜得老大，嚇壞了的眼神在蓋茲比和自己丈夫之間游移。再看看裘丹，她已經開始玩起用下巴尖平衡物體的遊戲，那是個眼睛看不見卻能讓她專心的東西。接著我的視線回到蓋茲比臉上，被他的表情嚇了一跳。他看起來……（我底下這麼說是借用那些人的話，但我內心仍然非常輕視在蓋茲比花園裡造謠生事的那些人）……看起來就像他「殺了人」一樣的激動。在那短短的瞬間，他臉上的表情就像他們說的那樣神奇。

這個表情一會兒就消失了，緊接著他急促慌亂地向黛西解釋，否認湯姆指控的每件事情，連湯姆還沒說出口的也一併撇清，說是全都跟他毫無瓜葛。但說得越多，黛西就越來越退縮，最後他只好放棄解釋。隨著午後的腳步悄悄遠離，只剩破碎的夢想還在繼續努力——想觸摸那些飄散無蹤的話語，繼續哀怨卻不放棄地抗爭著，還想喚回房間裡那已然沉默的聲音。

懇求的聲音再次響起。

「拜託你，湯姆！我再也受不了了。」

從黛西受驚的眼神中可以看出，不管她之前有什麼打算，不管她本來鼓起多大的勇氣，現在全都蕩然無存了。

「黛西，你們兩個先回去，」湯姆說，「蓋茲比開他的車載妳。」

她看著湯姆，眼神警覺而疑惑，但是他擺出一副寬宏大量又看不起人的模樣，堅持要這麼做。

「去吧，他現在不會煩妳了。我想他明白，他那個膽大妄爲的小小愛情遊戲已經結束了。」

他們就這樣走了，一句話也沒說，像蠟燭啪一聲熄滅，像幽靈般只是不經意路過，即使我們想表達憐憫也無從著手。

過了一會兒，湯姆站起來把那瓶始終沒開的酒用毛巾包好。

「要喝點酒嗎？裘丹？尼克？」

我沒有回答。

「尼克？」他又問了一次。

「什麼事？」

「要不要喝一點？」

「不了……我只是剛剛想起來今天是我的生日。」

我三十歲了。未來這全新的十年，我前方展開的是一條讓人提心吊膽、危機四伏的道路。

我們和湯姆坐上小跑車朝長島而去，這時已經是晚上七點鐘。湯姆一路聒噪地說個不停，他的心情愉快，不時哈哈大笑，只是在我和裘丹聽起來，他的聲音朦朧而遙遠，就和路邊陌生的喧鬧聲，或頭頂上高架鐵路火車經過時的轟隆聲一樣。人的同理心有限，我們寧願讓這場不忍卒睹的爭辯隨背後的城市燈火而消逝。三十歲，代表了下一個孤單十年的序幕，也意味著單身的朋友越來越少，心中的熱情越來越少，頭髮也越來越少。但是我身邊還有裘丹，和黛西不同的是，她太聰明世故，不會年復一年帶著遺忘許久的夢想。當我們通過黑漆漆的大橋，她蒼白的臉慵懶地靠在我的外套肩頭上，像是要讓我安心似地緊握著我的手，而邁向三十歲這個沉重的打擊亦隨之煙消雲散。

我們就這樣穿越了涼爽的暮色，向死亡前進。

年輕的米哈利斯在垃圾堆旁開了一家咖啡店，他是這場死亡車禍調查的主要目擊者。當天下午非常炎熱，他一直睡到五點鐘才起床。當他閒逛到修車行，發現辦公室裡的喬治・威爾森一臉病容，看起來真的很糟糕，慘白的臉色跟頭上的白髮不相上下，而且全身顫抖個不停。米哈利斯勸他到床上休息，但是威爾森不肯，說這樣會損失很多生意。米哈利斯正要說服他去躺一下，卻聽到頭頂傳來劇烈騷動的聲音。

「我把我太太鎖在樓上，」威爾森很平靜地說，「她得在那裡待到後天，然後我們就要搬到別的地方去。」

米哈利斯心下一驚，他們當鄰居也有四年了，威爾森似乎不像是會說出這種話的人。他通常都累得精疲力竭，不工作時便坐在門邊的椅子上，看著路上經過的行人和汽車。如果有人跟他說話，他會一成不變地露出笑容，一種愉悅卻無趣的笑容。他太太說東，他不敢往西，別人說什麼，他就做什麼。

所以很自然地，米哈利斯想知道發生了什麼事，但是威爾森口風很緊，什麼都不肯講，除此之外還對他起了疑心，不時投以奇怪的眼光，同時問起米哈利斯在一些特定日子特定時間都在做些什麼。米哈利斯感覺越來越不自在，剛好這個時候幾個工人經過修車行門口，朝他的咖啡店走去，米哈利斯趁機脫身，想過一會兒再回來看看。但是他並沒有回來。他猜想自己是忘了，沒什麼別的原因。等到他再出來外面時已經是七點鐘出頭，聽到威爾森太太破口大罵的聲音從修車行樓下傳了過來，他這才想起不久前和威爾森的對話。

「你打我！」米哈利斯聽到她大吼，「把我摔到地上用力打好了，你這個骯髒沒用的矮子！」過了一會兒她從修車行衝出來跑進黃昏之中，一面揮手一面大叫，他甚至還來不及踏出門口，不幸的事就發生了。

報紙上把這部肇事車輛稱爲「死亡之車」——它完全沒有停下。車子從漸深的暮色中衝出來，倉皇地蛇行了一陣，接著便消失在下一個轉角。米哈利斯甚至連車子的顏色都不太確定，他告訴第一個警察說車子是淺綠色的。另有一輛朝紐約方向開去的車在一百公尺外停了下來，駕駛急急下車衝向美朵·威爾森所在的位置。只見慘死輪下的她跪在路中間，黏稠深紅的血已和地上的土塵混雜不清。

米哈利斯跟這名駕駛率先趕到她身邊，只是當他們撕開她身上被汗水浸濕的襯衫，見到左邊的乳房已經像一片消了氣的皮袋，整個脫垂下來晃盪著，便知道已經沒有必要去聽底下的心臟是否還在跳動。她的嘴巴張得大開，嘴角有些扯傷，彷彿她在最後時刻吐出了積存已久的龐大生命力，卻被自己嗆了一口。

我們離現場還有一段距離，老遠就看到有三四輛車和聚集的人群。

「車禍！」湯姆說，「這下可好。威爾森終於有點生意上門了。」

他放慢車速，不過並沒有停車的意思，直到我們靠得更近，看到修車行門邊聚攏了一堆神色凝重、沉默不語的人，湯姆才不自覺地踩下了煞車。

「我們去看一下，」他疑惑地說，「看一下就好。」

我現在才注意到修車行裡不斷傳出一種空洞的哀號聲，等到我們下了車，走近門口，才聽出這個一次又一次喘氣悲號的聲音原來是──「喔，天啊」。

「這裡發生大事了。」湯姆倉皇地說。

他掂起腳尖，視線越過一群人的頭頂，望見修車行天花板上掛了一盞鐵絲罩的黃燈，燈光搖曳不定。接著便聽到他發出一聲刺耳的喊叫，擺動著孔武有力的雙臂將人群推開擠了進去。

圍觀的人群重新攏了起來，同時冒出一陣嗡嗡的不滿聲，有好一會兒我什麼也看不見。隨即又新到了一批人，打亂了原本的群眾，裘丹和我突然被推擠了進去。

美朵．威爾森的屍體被平放在牆邊的工作檯上，先以一條毯子罩住，外頭又裹了另一條，好像她在這個燥熱的夜晚仍然冷得難受。湯姆背對著我們，彎身看著美朵，一動也不動。他的身邊站著一名摩托車警察，正在小本子上註記相關人名，警察揮汗如雨地改了又寫，寫了又改，忙得不得了。空曠的車行裡不斷迴盪著讓人耳朵嗡嗡作響的聲音，一開始我還找不到這個高亢的悲號聲出自何方。接著我才看到威爾森站在辦公室加高的門檻上，雙手抓著門柱前後晃盪。不時有人上前低聲和他說話，想拍拍他的肩膀安慰他，但威爾森視而不見，聽而不聞。他的視線從明暗不定的燈泡慢慢往下落到牆邊的工作檯，接著猛然一拉跳回燈泡上，隨即發出一陣陣尖銳淒厲的號聲：

「喔……天啊！喔……天……啊！喔……天啊！天……啊……！」

此時湯姆猛一抬頭，眼神呆滯地看了看修車行四周，接著朝警察說了一堆含糊不清的話，說得語無倫次。

「M－a－v－」警察一面念一面寫，「o－」

「不對，是r。」被問話的人糾正警察，「M－a－v－r－o－」

「聽我說！」湯姆低低地說，語氣凶狠。

「r，」警察念著，「o－」

「g－」

「g－」警察的肩膀讓湯姆的大手猛地拍了一下，他這才抬頭一看，「老兄，什麼事？」

「發生了什麼事？我只想知道這個。」

「她被車撞了。當場死亡。」

「當場死亡。」湯姆眼睛發直地重複了一次。

「她跑到路中間。狗娘養的，車子停都沒停一下。」

「車子有兩輛，」米哈利斯說，「一輛過來，一輛過去，懂嗎？」

「去哪裡了？」警察很認真地問。

「就各自開走了。這個……她……」他的手本來要舉起來指向毯子，但是中途停住，又放回他的身側，「她跑到那邊，一輛從紐約來的車子把她撞個正著，時速差不多有三十或四十英里那麼快。」

「這裡的地名是什麼？」警察盤問他。

「這裡沒有名字。」

一位臉色蒼白、穿著體面的黑人走過來。

「是一部黃色的車，」他說，「黃色的大車。全新的。」

「有看到車禍發生嗎？」警察問。

「沒有，不過那部車在路上超車，從我旁邊開過去，速度不只四十英里，可能有五十或六十英里。」

「到這裡來，把名字告訴我。你們旁邊的人讓開一點，我要把他的名字寫下來。」

在辦公室門檻上搖晃的威爾森想必聽到了一部分對話，因爲他帶著喘息的哀號聲中突然出現了新的句子：「你們不用跟我說那部車長什麼樣子！我知道那是什麼車！」

我的視線落在湯姆身上，剛好看到他肩膀下方那一大塊肌肉在外套底下突然收緊。湯姆趕緊走向威爾森，站在他的面前，雙手緊緊抓住他的上臂。

「你一定要振作起來啊！」湯姆以慣有的粗啞聲音安慰著威爾森。

威爾森的視線落在湯姆身上，他腳尖著地努力撐起身子，如果不是讓湯姆扶住，他肯定會軟癱得跪下去。

「聽清楚了，」湯姆輕輕搖了他一下，「我幾分鐘前才剛到這裡，從紐約那邊。我們一直在談的那部小跑車記不記得？我就是把那部車開來這裡給你。今天下午我開的那部黃色車子不是我的，你聽到了嗎？我整個下午都沒有看到那部車子。」

只有那位黑人和我靠得夠近，聽得見湯姆說的話，但是那名警察從湯姆講話的聲調變化捕捉到某種異樣，他往這邊看，目光凌厲。

「你們在說什麼？」他嚴厲地問。

「我是他的朋友。」湯姆轉過頭去回答，雙手還緊抓著威爾森的上半身，「他說他知道那部肇事的車子……是一部黃色的車子。」

警察心裡隱約感覺到什麼，他很懷疑地盯著湯姆看。

「那你的車子是什麼顏色？」

「是藍色的。一部小跑車。」

「我們剛剛才從紐約過來。」我說。

有一個人一直開車跟在我們後面不遠，他證實了我所說的話，警察一聽就轉過身子，「現在你們是不是可以再說一次剛剛那個名字……」

湯姆像拎洋娃娃般把威爾森拎起來，進了辦公室，把他放在一張椅子上，又走出來。

「誰過來這裡，進去裡面陪他坐一下。」湯姆大聲地說，像在發號施令。他盯著旁邊靠得最近的兩個人，他倆面面相覷，只好不情不願地進了房間。湯姆「碰」一聲關上門，從門檻走下那個單階階梯，視線躲著旁邊的工作檯。他走近我身邊，低聲說：「我們走吧。」

湯姆一臉僵硬，隨即以他那堅定有力的手臂開路，人群還在繼續聚集，我們又推又擠地走了出來，過程中還碰到一個神色匆忙的醫生，手上拿著醫療公事包，那是半小時之前某個人懷抱著渺茫希望去叫來的。

湯姆車開得很慢，直到車子過了彎才猛踩油門，小跑車在夜色中風馳電掣。過了不久，我聽到一陣低低的沙啞哽咽聲，這才注意到他已經淚流滿面。

「這個天殺的孬種！」他嗚咽著說，「他甚至連車都沒有停。」

湯姆的家突然浮現在窸窣作響的黑色林間。湯姆把車停在前廊旁邊，抬頭看向二樓，藤蔓之中可以看到有兩扇窗戶亮著燈。

「黛西在家。」他說。我們下了車，他看著我，微微皺著眉。

「尼克，我應該把你送回西蛋的，但今天我們眞的沒有辦法。」

他整個人有種不同於以往的感覺，說話時莊重嚴肅，而且帶著決心。我們走過月光下的碎石來到前廊，他短短幾句話就解決了眼前的問題。

「我會叫一部計程車送你回家，等車的時候，你和裘丹最好待在廚房裡，叫傭人準備一點東西給你吃，如果你想吃的話。」他把門打開，「進來吧。」

「謝了，我不進去了。不過我很高興你能幫我叫部計程車。我在外面等就好。」

裘丹伸手拉著我的手臂。

「尼克，你不進來嗎？」

「不了，謝謝。」

我覺得有點不舒服，只想自己一個人獨處，不過裘丹多陪了我一會兒。

「現在才九點半呢。」她說。

無論如何，我就是不想進去。一整天下來，他們這群人眞是讓我受夠了，這瞬間就連裘丹也是。她一定是從我臉上的表情看出了一些端倪，因爲她突然轉身跑上前廊的階梯，進了屋子。我手抱著頭，坐了幾分鐘，才聽到裡頭有人拿起電話的聲音，原來是管家在幫我叫計程車。隨即我慢慢沿著車道走下去，背後的房子越來越遠，我打算到大門那裡去等車。

走不到二十碼，我就聽見有人叫我的名字，蓋茲比從兩叢灌木中走出來。我當時一定覺得非常古怪，因爲我只記得他身上的粉紅色西裝，在月下發著光。

「你在做什麼？」我問他。

「只是站在這裡而已，老兄。」

不知道爲什麼，這似乎讓我聯想到某種卑劣的勾當，說不定再過一會兒他就要闖進屋子裡行搶。要是我在他背後那片伸手不見五指的灌木叢看到一堆凶神惡煞的臉，像是「沃夫顯的手下」那樣的臉，我想我一點都不會驚訝。

「你們回來的路上有沒有看到什麼意外？」過了一會兒他開口問。

「有。」

他猶豫了一陣。

「她死了嗎？」

「是的。」

「我想也是。我也跟黛西說那個女的應該死了。有什麼衝擊的事最好是一口氣來。面對這件事的時候她表現得相當冷靜。」

從他說的話聽起來，彷彿黛西的反應是唯一重要的事情。

「我從旁邊的小路回到西蛋，」他繼續說，「把車子留在我的車庫裡面。我想沒有人看到我們回去，不過當然我無法完全確定。」

這個時候我對他眞是厭惡極了，已經不覺得有必要告訴他這樣做是不對的。

「那個女人是誰？」蓋茲比問。

「她姓威爾森。丈夫是修車行的老闆。事情到底是怎麼發生的？」

「嗯……我試著轉方向盤……」他沒有繼續說下去，我忽然想到實際上發生了什麼事。

「開車的是黛西？」

「是的。」他沉吟了一會兒才說，「不過我當然會說開車的是我。是這樣的，我們離開紐約的時候，她的心情很緊繃，她認為開車可以讓她的情緒平靜下來。那個女人朝我們衝過來的時候，我們剛好和對向的車子會車。事情在瞬間就發生了，不過我覺得她似乎是想跟我們說些什麼，大概誤認我們是她認識的人。嗯，一開始黛西轉動方向盤避開那個女人，卻迎上對面來車，她一緊張又轉了回來。接下來，等到我伸手握住方向盤的時候，我就感覺到一股撞擊的力量，一定是把她當場撞死了。」

「她的胸膛撞出一個大洞……」

「別說了，老兄。」他露出痛苦的表情，「反正後來黛西一直猛踩油門。我努力想讓她停下來，但是她根本停不住，我只好拉起緊急煞車。她昏倒在我的腿上，我接手繼續往前開。」

「她明天就會沒事的，」他過了一下又說，「我只是想在這裡等，看他會不會拿今天下午那些不愉快的事情來煩黛西。她已經把自己鎖在房間裡，如果他有什麼輕舉妄動，她會把房間裡的燈關掉再打開當信號。」

「他不會對她怎麼樣的，」我說，「他現在心裡想的不是她。」

「老兄，我是不相信他的。」

「你打算等多久？」

「整個晚上吧，看情況。不管怎樣，會等到他們全都睡了。」

我心裡突然浮現一種新的想法。假如湯姆發現開車的人是黛西，他也許會認爲這件事情是有前因後果的，他也許什麼可能不可能的事情都想得出來。我看著屋子，樓下有兩三扇窗戶亮著燈，二樓黛西的房間則是透出粉紅色的光。

「你在這裡等著，」我說，「我去看看有沒有什麼異樣。」

我沿著草地的邊緣走回去，輕輕地踏在碎石路上，踮起腳尖走上前廊的臺階。客廳的窗簾是拉開的，可以看到裡面沒有人。越過陽臺，也就是三個月之前那個六月的夜晚，我們吃晚餐的地方，我看到一片長方形的亮光，我猜那是廚房儲物間的窗戶。窗簾雖然是拉下來的，不過我在窗臺上找到一個縫隙。

黛西和湯姆面對面坐在廚房裡，兩人中間的桌面上擺著一盤冷掉的炸雞和兩瓶啤酒。他正一臉誠懇地朝面前的黛西說話，他說得情感眞摯，手不禁伸出來握住了她的手。她不時抬頭看他，時而點頭表示同意。

他們看起來並不快樂，兩個人都沒有伸手去吃雞肉或是喝啤酒，但他們也不是不快樂。這幅景象使人油然而生一種無法否認的親密感，任何人看了都會覺得他們正在商量什麼祕密的事情。

我從前廊踮著腳尖下來時，聽到計程車緩緩沿著漆黑的道路，朝屋子開了過來。蓋茲比仍在剛剛我們分開的地方等著。

「上面一切都還平靜嗎？」他很緊張地問。

「是啊，都很平靜。」我說得有點遲疑，「你最好回家睡一下。」

「他搖搖頭。」

「我想在這裡等到黛西上床睡覺。晚安了，老兄。」

他把手插在外套口袋裡，轉過身去專心注意著房子的動靜，我的存在彷彿破壞了他徹夜守護的那股聖潔感。因此我走開，將他獨自留在皎潔的月光下，守著一片虛無。

譯註：

①特里馬奇歐（Trimalchio）是小說《Satyricon》中的人物，由 Petronius 所著。特里馬奇歐以舉辦豪華宴會著名，僕人會將各種新奇有趣的菜餚一道道送上來，像是把活生生的鳥縫在烤豬裡面，或是藏在假蛋當中讓客人去找，也有分別代表十二星座的菜餚。

②黛西正傾訴著自己的情感，蓋茲比似乎令她與「艾科伯格醫生之眼」這幅巨型廣告一起有了聯想。

③卡皮歐拉尼、龐奇包爾皆位於夏威夷的歐胡島，費茲傑羅以此突出小說中彌漫著異國情調、揮霍無度的豪奢氣氛。

第八章

整個晚上我都睡不著，從海灣那邊不斷傳來一陣又一陣的汽笛聲，我像是病了一樣在床上輾轉反側，徘徊在奇特詭異的現實與野蠻驚險的夢境之間。接近黎明時，我聽見計程車開上蓋茲比家的車道，立刻從床上跳下來穿衣服，我覺得有事想告訴他，想提醒他，要是等到早上就太遲了。

越過草地，我看到前門還開著。他在大廳裡，身體倚靠著一張桌子，整個人可能因沮喪或是睡意而顯得沉重。

「沒發生什麼事，」他面帶倦容，「我一直等，大概四點左右她走到窗邊，在那裡站了一分鐘，然後就把燈關了。」

我從來沒有像那個深夜那樣，深切感到他的房子竟如此之大，只因我們爲了抽根菸，一個接著一個大房間地尋找。我們把一片片帳篷似的厚重窗簾推到一側，再循著不知究竟有多長的牆面，摸黑尋找電燈開關。有一次我還摔了一跤，旁邊正好有一架幽靈般的鋼琴，我跌在琴鍵上，叮叮咚咚地碰出水花四濺的雜音。房間裡到處積著灰塵，還有股霉味，彷彿已經好多天沒開過窗子通通風。我在一張以前沒見過的桌子上找到菸盒，裡面有兩根又舊又乾的香菸。我們打開客廳的落地窗坐下，對著外頭漆黑的夜色抽了起來。

「你該離開一陣子，」我說，「他們肯定會找到你的車。」

「老兄，你是說『現在』走嗎？」

「去亞特蘭大①待個一星期，或是往北到蒙特婁都可以。」

他不會考慮這麼做。他一定要知道黛西接下來會怎麼做，才有可能離開。他的心裡緊緊抓著最後一絲希望，我實在不忍心叫他放棄。

他就是在這個深夜告訴我那個奇特的故事，也就是他年輕的時候和丹·柯迪相遇，後來一起出海的經過。他會把這個故事告訴我，是因爲「傑·蓋茲比」已經在湯姆強硬的敵意下如玻璃般被擊成碎片。我想現在的他不管什麼事都會坦承，知無不言言無不盡，但是他現在只想談黛西。

她是他所認識的第一位「千金小姐」。過去他以各種不爲人知的身分和這類人有過接觸，但總感覺有一道無形鐵絲網隔在中間。認識黛西之後，他發覺自己對她朝思暮想。他去她家裡拜訪，一開始是跟著泰勒軍營的其他軍官，後來才自己一個人去。她的家讓他驚奇不已，他從來沒有見過這麼美麗的房子。但是讓這個屋子帶著一種壓迫感、讓他喘不過氣的原因是，黛西就住在這裡。而對她來說，那卻是再平常不過的事情，就和他離開軍營時在外頭住營帳一樣。黛西的家有一種豐盛華美的神祕感，彷彿時時都在暗示——樓上還有更美麗舒適的臥室，而洋溢著幸福快樂的事在走廊之間隨處可見，也許還有讓人心醉的浪漫情事，那絕非是塵封在乾燥薰衣草中的陳年韻事，而是像今年剛出廠的亮麗跑車，帶著新鮮的氣息，是讓人想深吸一口的芬芳味道，以及花朵幾乎不會凋謝的舞會。許多男性拜倒在黛西的石榴裙下，這讓蓋茲比相當開心，在他看來，這代表黛西的身價更高了。他在黛西家中可以感覺到這些人的存在，他們對黛西傾心愛慕的感情依然藏在陰影裡，迴響在四周，彌漫在空氣中。

不過他很清楚，他能夠來到黛西的家完全是偶然。儘管以傑・蓋茲比這個名字生活下去，未來也許能出人頭地，但他目前只是個一文不值、沒有過去的窮小子，他身上那件筆挺的制服彷彿隱形風衣那樣隨時都可能從肩頭滑落。所以他盡可能利用所有時間，什麼都搶，什麼都要，飢渴而不擇手段。終於在十月一個平靜的夜晚，他占有了黛西的身體，這麼做只因為他根本還沒有資格去牽黛西的手。

他也許會看不起自己，因為他的確是以偽裝的身分得到她的。我的意思並不是說他用根本不存在的百萬家產當幌子，而是他的確刻意讓黛西有一種安全感，讓她相信他的出身和她差不多，以為他完全有能力照顧她的生活。事實上，他根本沒有這樣的能耐。他沒有富裕的家族在背後撐腰，而且只要那個對個體毫不關切的政府一時興起，他就得乖乖聽候差遣，轉調世界各地。

但是他並沒有看不起自己，而後來事情的發展也非他原先所想像。或許他本來打算玩玩就一走了之，但是後來他發現，自己就像尋找聖杯的人，全心全意都在黛西身上。他很清楚黛西不是一般的女孩子，但是他不明白的是一個千金小姐能有多特別。在他們發生關係之後，她消失在她華麗的深宅大院裡，繼續過著幸福富裕的日子，對蓋茲比可說是不聞不問。此時，蓋茲比覺得自己已將終身託付給她，事情就是這樣。

他們再度碰面已是兩天之後，此時緊張不已的人是蓋茲比，莫名其妙感覺受到背叛的人也是蓋茲比。陽臺滿是用錢就能買到的奢侈裝飾，彷彿天上摘下來的星星閃耀著明亮的光彩。當她轉過身對著他，編織椅上的柳條發出迷人的吱吱聲，他順勢親了她古靈精怪的可愛小嘴。她感冒了，聲音變得更沙啞，也比以往更動人。蓋茲比從這一吻當中，強烈體會到財富能夠使人青春不老，神祕永存；也深深感受到一件件精美華麗的衣服能夠讓人活力四射；而黛西有如白銀般炫著微光，自在而傲然地俯視著窮人爲了生活焦頭爛額，爲了金錢四處奔忙。

「老兄，我無法形容當我發現自己愛上她時，我有多麼驚訝。有那麼一陣子，我甚至希望她能拋棄我，但是她沒有，因爲她也愛上了我。她覺得我懂的很多，因爲我知道許多她不知道的奇聞軼事……唉，我就是這樣，把一切雄心壯志都拋在腦後，一分一秒在愛情裡越陷越深，我突然什麼都不在意了。如果我對她訴說未來想做什麼事情的那個當下是更快樂的，那麼又何必眞的去做那些驚天動地的大事呢？」

他上船出發前的最後一個下午，他懷裡抱著黛西，靜靜坐了好久。那是個帶著寒意的秋日，屋子裡生著火，她的臉頰一直是紅通通的。她偶爾動了一下，他也跟著換一下手臂的位置，有一次還親吻了她閃閃動人的黑髮。那天下午為他們帶來了一陣寧靜，彷彿是要為隔天即將到來的長久別離預先留下深刻的回憶。在相愛的這個月裡，他們從來沒有像此刻這樣密不可分，從來不曾如此真摯地互訴愛意——她以沉默的嘴唇拂過他穿著外套的肩膀，而他則無限溫柔地輕觸她的指尖，彷彿她正沉沉睡著一般。

他在戰爭中的表現異常亮眼。他到前線之前就已經是上尉，在亞貢戰役之後晉升少校，同時擔任師部機槍營的指揮官。停戰之後，他發狂似地想要回家，但出於某種複雜的原因或是誤會，他反而被送到了牛津。這時他感到憂心忡忡，因為黛西寄來的信裡傳達出一種不安的絕望感。她不懂為什麼他不能回來。她感受到了外界的壓力，她希望看到他，希望他就在身邊，以此確知自己並沒有做錯事。

只是黛西還年輕，她的世界是虛幻的——蘭花的香氣彌漫在空氣中，快樂愉悅時不忘比較權力財富，樂隊演奏著當下最流行的音樂，以全新曲調詮釋人生的不幸與暗喻。薩克斯風整夜哀怨地吹著〈比爾街的藍調〉②，曲中充滿絕望的調子，一百雙金銀舞鞋隨著起舞，將飛揚的塵埃映得金光閃耀。到了天色灰暗的飲茶時光，總有幾個房間仍迴盪著這種低沉甜蜜的狂熱音樂，打扮得光鮮亮麗的臉孔來來去去，彷彿一片片玫瑰花瓣讓哀傷的喇叭聲吹得在地板上四處飄蕩。

在這種內心昏暗不明的時刻，黛西再度隨著時尚風潮活躍起來。突然間，她又回到以前那種一天要和五六位男士約會的日子，直到黎明時分才昏昏睡去，身上的晚禮服隨手丟在床邊的地板，衣服上頭的綴珠和薄紗糾結在枯萎的蘭花裡。此時她的內心不斷吶喊著，希望能做出一個決定。她迫不及待想讓自己目前的生活踏實下來，而做出這個決定必然需要借助某種近在眼前的外力，不管是愛情、金錢，或是明明白白的現實。

到了春天，湯姆．布坎南的出現意味著這股力量的成形。他的人和家世都給人一種穩重紮實的感覺，黛西對此也很滿意。毫無疑問地，她的心裡有過一番掙扎，但也稍稍鬆了一口氣。蓋茲比收到信的時候，人還在牛津。

現在已是長島的黎明，我們把樓下的其他窗戶全都打開，讓由灰轉金的晨曦灑進屋內。一棵樹的影子突兀地落在草地的露水上，隱而不見的鳥兒在藍色的葉片間宛轉歌唱。空氣中有一種緩慢舒服的韻律，幾乎沒有風，彷彿預示了今天會有一個涼爽宜人的天氣。

「我覺得她沒有愛過他。」蓋茲比從窗邊轉過身來，像是正在等我反駁似地看著我，「你一定還記得，老兄，昨天下午她非常激動。他用一種嚇唬她的方式把那些事情說出來，打算讓我看起來像個什麼卑鄙的騙子，搞得她連自己說了些什麼話都不太清楚。」

說完，他一臉憂鬱地坐了下來。

「當然在他們剛結婚的時候，她也許愛過他一小陣子，但也因此從那時開始她變得比以前更加愛我，你懂嗎？」

他忽然冒出這樣一句古怪的話。

「反正，」他說，「這只是我自己的事。」

我能怎麼說呢，他是否認為這段愛情裡有某種堅貞，是強大到外人無法置喙的？

他從法國回來的時候，湯姆和黛西還在度蜜月。儘管他心裡充滿感傷，卻又無法抗拒地以從軍所得的最後一點錢做爲車資，到路易斯維爾走了一趟。他在那裡待了一個星期，走過那些十一月的夜晚裡他們並肩漫步的街道，重新走訪當時他們開著她的白色車子去過的偏遠地方。正如黛西的家對他來說似乎比別的房子更有一種神祕和歡樂氣氛，他對黛西曾經居住過的這座城市也有相同的感覺，儘管她已經離開這裡，空氣中仍瀰漫著一股陰鬱的美。

他拋下心裡那種「如果我再努力一點找，也許就能找到她」的感覺，而把她留在了自己背後。搭上悶熱的普通車廂之後，他已然身無分文。他往外走到車廂與車廂相接的通風處，找了一張摺疊椅坐下來。車站已經越來越遠，一幢幢不知名建築物的背面在眼前經過。接著火車開進春天的田野中，一列黃色的電車在旁邊並行了一陣，裡面的乘客或許有人曾在悠閒的街道上見過她那張蒼白動人的臉孔。

火車在鐵軌上轉了個彎，現在正背對著太陽。逐漸西沉的太陽彷彿化爲一股祝福鋪灑在逐漸遠離的城市，這個她曾經生活過的地方。他朝那些因她存在而在他心中變得可愛的地方，絕望地伸出了手，彷彿想抓住一絲空氣，留下一塊碎片。只是現在這一切在他朦朧的淚眼中消失得太快，他很清楚他已失去了那段記憶裡最生動、最美好的一段，永遠也找不回來了。

我們吃完早餐走到陽臺時已經是九點鐘。此時的天氣和晚間截然不同，空氣中有股秋天的味道。園丁走到臺階底端停下，他是蓋茲比最後一位正式的僕人。

「蓋茲比先生，我今天要把游泳池的水放掉。很快就要開始落葉了，現在不把水放掉，到時候水管會一直出問題。」

「今天別放，」蓋茲比說完，臉帶歉意地轉向我，「你知道嗎？老兄，我這一整個夏天都沒有用過游泳池。」

我看看手上的錶，站起身來。

「我的火車再十二分鐘就到了。」

我並不想去市區。現在的我實在沒有體力上班打字做做事情。但是不想去的原因不只如此，我不想丟下蓋茲比一個人。我錯過了那班車，下一班也沒趕上，之後才真的告別離開。

「我再打電話給你。」我在臨別之前對他說。

「好的，老兄。」

「我大概中午會打。」

我們慢慢走下臺階。

「我想黛西也會打電話過來。」他焦慮地看著我，彷彿希望我能肯定他的想法。

「我想會吧。」

「嗯，再見。」

我們握過手之後，我轉身離開。快要走到一排灌木叢前面時，我想起一件事，於是轉過身。

「他們那些人都不是好東西，」我的大聲叫喊越過了草地，「他們那一整群人加起來也比不上你一個。」

每次想到自己說了那句話，心裡總是很高興。那是我唯一一次稱讚他，因爲從頭到尾我都不認同他的作法。他聽到我的話，一開始只是禮貌地點點頭，接著臉上綻放出那種燦爛又會心的笑容，好像這句話是我們一直興奮地串通好要說的。他那一身華麗的粉紅色西裝雖然有點髒了，但是襯著白色的臺階依然非常亮眼。這讓我想起三個月前那天晚上第一次來到他的豪宅。整個草地和車道塞滿了賓客，每個人都在猜想他的過去有多麼骯髒，而他卻站在臺階上，懷抱著自己內心純潔的夢想，對著他們揮手道別。

我很感謝他的熱情招待。我們一直很感激他這一點，不管是我或其他人。

「再見了，」我大喊，「早餐眞好吃啊，蓋茲比。」

到了市區，我努力工作了一陣，抄了一堆看起來沒完沒了的股票價格，然後就在旋轉辦公椅上睡著了。快要中午的時候，一陣電話鈴聲把我吵醒，我跳起來，驚出一頭汗。是裘丹打來的電話，她通常會在這個時間打電話給我，因爲她行蹤不定，不是在旅館、俱樂部，就是在哪個朋友家裡，用什麼方法都很難找到她。她在電話裡面的聲音通常都很活潑清爽，彷彿辦公室裡突然飛進一片綠油油的高爾夫球場草皮，可是今天早上她的聲音似乎有點乾啞。

「我已經搬出黛西家了，」她說，「我現在人在漢普斯德，下午會去南開普敦③。」

也許這個時候離開黛西家是一種善體人意的選擇，但她這麼做卻讓我很不高興，而接下來她說的話更是讓我錯愕。

「昨天晚上你對我不太好。」

「在昨天那種情況下，那很重要嗎？」

沉默了一會兒。接著她說：

「不管怎樣，我想見你。」

「我也想見妳。」

「那你看我今天下午不去南開普敦，到市區找你好不好？」

「不好，我想今天下午不行。」

「好吧。」

「今天下午眞的不行。有好多……」

我們這樣的對話持續了一陣，突然誰都不說話了。我不知道是她還是我狠狠地掛了電話，但是我知道我那時在意的人不是她。就算從此不能再和她說話，那天我還是沒有辦法跟她坐在桌子前面對面地聊天。

過了幾分鐘，我打電話到蓋茲比家，但是電話忙線中。我打了四次，終於有個氣沖沖的接線生告訴我，這條電話線目前正在等待一通底特律的長途電話。我拿出火車時刻表，在三點五十分那班車上畫了一個小圈圈。接著我往後靠在椅背上想集中一下精神。這個時候才剛剛中午。

那天早上我搭火車經過垃圾堆時，刻意走到車廂的另一側以避開那個車禍地點。我想那裡還是會整天聚著一堆好奇的人——小男孩在沙塵中尋找乾掉的黑色血跡，喋喋不休的男人一次又一次地說著當時的情況，直到事情偏離事實越來越遠，直到說的人自己都搞不清楚，之後美朵・威爾森的悲劇才會被人遺忘。現在我要把時間回溯一些，說一下當天晚上我們離開修車行之後發生了什麼事情。

大家一時之間找不到美朵的妹妹凱瑟琳。那天晚上她肯定打破了自己滴酒不沾的慣例，因爲她出現的時候已經整個人喝糊塗了，也搞不清楚救護車已經開往法拉盛。等到大家終於讓她明白救護車已經走了，她立刻昏厥，彷彿那是這整件事裡最難以接受的一點。後來某個可能是出於好心或好奇的人帶她上了車，載著她去追美朵的遺體。

午夜過了許久，人潮還是一波接著一波地湧到修車行前面看熱鬧，喬治・威爾森則坐在裡面的沙發上不住前後晃動。辦公室的門原先開著，每一個進去修車行的人都按捺不住好奇心往裡頭張望。最後終於有人說這樣實在太沒禮貌，就把門關上了。米哈利斯和其他幾個人陪著他。一開始有四五個人，後來變成兩三個。再晚一點，米哈利斯只得請最後那位陌生人再等十幾分鐘，讓他回去自己的餐廳泡一壺咖啡。接下來他就一個人陪著威爾森到天亮。

大約凌晨三點左右，威爾森語無倫次的情形有了變化，他變得比較安靜，說話中開始提到那部黃色的車。他宣稱自己有辦法找到那輛黃色車子的主人，接著又不經意地說出幾個月前，他太太從紐約回來時眼上帶著瘀青，鼻子也是腫的。

不過他話一出口就心有所感地悲從中來，整個人抽搐了一下，又開始號叫「喔！天啊！」米哈利斯手足無措，只能想辦法引開他的注意力。

「喬治，你們結婚多久了？過來這裡，別動好不好，回答我的問題。你們結婚多久了？」

「十二年。」

「有沒有小孩？喬治，拜託坐著別動，我剛剛問了一個問題，你們有沒有小孩？」

棕色的硬殼甲蟲不時咚咚咚撞著呆滯黯淡的燈泡，無論什麼時候，只要米哈利斯聽到外頭路上有車子疾馳而過，都覺得是幾個小時前那輛沒有停下來的車子。他不想到外頭修車的地方，因為剛才停屍的工作檯上還有血漬，所以他只能待在辦公室裡全身不對勁地走來走去，偶爾坐在一旁試著讓威爾森平靜下來，天還沒亮，辦公室裡面每樣東西他都已經很熟了。

「喬治，有沒有哪間教堂是你偶爾會去的？即使是你很久沒去的也可以？也許我可以打電話給教堂，請他們派牧師過來，讓他跟你聊聊，怎麼樣？」

「我不去教堂。」

「喬治啊，你該去教堂的，尤其是像這種時候。你至少去過一次教堂吧，你不是在教堂結婚的嗎？聽好，喬治，好好聽我說，你不是在教堂結的婚嗎？」

「那是很久以前的事。」

回答問題讓威爾森用了不少心力，也打斷了他搖晃的節奏。他安靜了好一陣子，接著渙散的眼睛裡，又出現了之前那種時而清醒時而迷惘的神態。

「看一下那邊那個抽屜。」他指著桌子。

「哪一個抽屜？」

「那個抽屜……就是那個。」

米哈利斯打開最靠近他手邊的抽屜。裡面除了一條看起來很貴重的小型銀邊皮製狗鍊，什麼都沒有。這條狗鍊看起來是新的。

「這條嗎？」他拿起狗鍊問著。

威爾森定定地看著，點了點頭。

「我昨天下午找到的。她已經想好了理由告訴我這條鍊子是怎麼來的，但是我很清楚她的話有問題。」

「你是說你太太買了這條狗鍊？」

「她把它包在一張薄紙裡，放在梳妝檯上。」

米哈利斯看不出來這有什麼奇怪，威爾森太太買下這條狗鍊的原因可能不少，他舉了一些給威爾森聽。不過可以想像威爾森之前就從美朵口中聽過同樣的說法，因為他又低聲地說著「喔，天啊！」結果米哈利斯還想到的其他幾個原因也說不出口了。

「所以他就撞死她！」威爾森說完之後，嘴巴突然張得開開的。

「誰撞死她？」

「我有辦法查出來。」

「喬治啊，你病了，」米哈利斯說，「這件事情對你刺激太大，你連自己在說什麼都不知道。你最好試著休息一下，坐著別亂動，等到早上再說。」

「他謀殺了她。」

「那是意外啊，喬治。」

威爾森搖搖頭。他瞇起眼睛，嘴巴微張，像個長輩似地若有所思說了聲「嗯」。

「我很清楚，」他的語氣堅決，「我是個很容易相信別人的傢伙，也沒想過要害人，不過要是一旦我把事情弄清楚了，那就一定沒錯。就是那個在車子裡的人，她跑上前去要找他說話，而他不肯停車。」

米哈利斯也看到了他說的那一幕，但是並沒有聯想到任何特別的意義。他相信威爾森太太衝出去是要逃離丈夫，而不是爲了去攔阻某一輛特定的車子。

「她爲什麼會變成那樣呢？」

「她的心思很難理解，」威爾森似乎打算用這句話來回答問題，「啊……嗯……啊……」

他又開始前後搖晃，米哈利斯只能呆站著，手上揉著那條狗鍊。

「喬治啊，你有沒有哪個朋友可以讓我打電話找他們來看看你？」

這個希望很渺茫，他幾乎可以確定威爾森沒有朋友，他連自己的太太都沒辦法照應了。過了一會兒，他很高興地發現修車行裡的光線有了一些變化，窗戶上的顏色逐漸變藍，他知道天快要亮了。大約五點鐘的時候，外頭的藍已經亮得足以關掉屋內的燈。

威爾森眼神呆滯，轉頭看著外頭的垃圾堆，一片片灰色的小雲朵化爲各種千奇百怪的形狀，在晨曦的微風中四處飄蕩。

「我對她說，」他靜靜地看了很久之後說，「我對她說，她也許可以騙過我，但她騙不過上帝。於是我帶她到窗戶前面。」他費力地站起身，走到後面的窗戶，把臉靠在上面，「然後我說：

『上帝很清楚妳做的事，妳做的每一件事。妳也許可以騙過我，但是妳騙不過上帝！』」

米哈利斯站在威爾森背後，順著他的視線望出去，嚇了一大跳，艾科伯格醫生之眼正從退散的黑夜中緩緩現身，一雙褪色的巨大眼睛正對著他。

「上帝什麼都看得到。」威爾森喃喃重複著。

「那只是一個廣告而已。」米哈利斯認真地對威爾森說。不知爲何，他不想再看著窗外，轉而把視線放回屋裡。但是威爾森在那裡站了很久，臉幾乎要貼在窗戶玻璃上，對著外頭的微光頻頻點頭。

到了早上六點鐘，米哈利斯已經累癱了，聽到外頭有車子停下來的聲音，心裡有種謝天謝地的感覺。那是某個昨晚來看熱鬧、後來答應會回來幫忙的人，所以他做了三人份的早餐，但是只有他和這個人吃。威爾森現在安靜多了，所以米哈利斯可以回家好好睡一覺。他睡了四個小時之後醒過來，急忙趕回修車行時，威爾森已經不見了。

從後來的追蹤得知，威爾森整段路程都是步行，先經過羅斯福港，接著到達蓋德山，他在那裡買了三明治和咖啡，三明治沒吃。他一定很累，所以走得很慢，因爲他一直到中午才走到蓋德山。到目前爲止，計算他的行程沒有什麼困難。路上幾個小男孩說看到一個「有點瘋瘋癲癲」的男人，還有開車的人說路邊有個人用奇怪的目光瞪著他。接下來的三個小時他不知道到哪裡去了。警察從他對米哈利斯說的「他有辦法查出來」這句話來推測，這段時間他應該是在附近的修車行一間間詢問那部黃色的車子。但另一方面，附近的修車行卻沒有人看到他進來，也許他有更容易、更確實的方法可查出他想知道的事。下午兩點半左右，他已經到達西蛋，並且向路人詢問如何去蓋茲比的家。所以那個時候他已經知道蓋茲比的名字了。

下午兩點鐘，蓋茲比換上泳衣，並吩咐管家，如果有人打電話來就到游泳池叫他。他到車庫拿了一塊夏天時讓客人戲水用的充氣橡皮墊，司機幫忙把氣充飽。接著他交代司機那輛敞篷車無論如何絕對不能開出來；這聽起來很奇怪，因爲右前方的擋泥板撞壞了需要修理。

蓋茲比扛起橡皮墊，開始朝游泳池走去。他一度停下來，調整了一下手拿墊子的姿勢，司機問他需不需要幫忙，不過他搖搖頭，過了一會兒便消失在葉子漸漸染黃的樹林裡。

沒有人打電話來，但管家沒有睡午覺一直等到四點鐘——不過即使那時眞有電話進來，也接聽不到了。我在想，蓋茲比自己也很清楚不會有電話，或者他也不在乎了。如果眞是這樣，他肯定覺得自己已經失去了從前那個溫馨的世界——活了這麼久，只爲了一個夢想，卻付出了昂貴的代價。他必然透過那些令人心驚的樹葉仰望著一片陌生的天空。他一定不由自主震動了一下，因爲他這才發現玫瑰是多麼滑稽的東西，陽光曬在新生的小草上是如此地嚴苛。他彷彿身處在一個新的世界，一個人事物都不再眞實的世界，可憐的怨靈呼吸著人們的夢想，無所適從地飄來蕩去……就像眼前這個蒼白詭異的人形，正穿越雜亂的樹林，緩緩朝他滑過來。

司機聽到了槍響，他是沃夫顯的手下，後來只提到當時並沒有太多的聯想。我從車站開車直奔蓋茲比家，焦急地跑上前門的階梯，這才驚動了屋子裡的人。不過我堅信他們一聽腳步聲就知道出事了。司機、管家、園丁和我四個人幾乎不需要言語交談，當下急忙衝到游泳池邊。

游泳池一頭流出乾淨的水，很快地便流向另一頭的排水口，微微擾動的水面上幾乎察覺不出水的流動。淡淡的水波映在池底，顯出淺淺的波影，載著人的氣墊在池子裡茫然地飄蕩著。突來的輕風只能細細地吹皺水面，卻也足以讓這塊承載著意外的氣墊漂向意外的位置。一小撮落葉慢慢地繞著氣墊旋轉著，像羅盤的指針，在水裡劃出一圈細細的血紅。

我們抬著蓋茲比往屋子裡走，園丁這才看到不遠處的草地上躺著威爾森的屍體，這場劫難至此告終。

譯註：

①熱門度假勝地，位於紐澤西州。

②一九一七年一首家喻戶曉的曲子。比爾街（Beale Street）位於田納西州曼菲斯市，因為這首曲子，街名從原來的「比爾大道」改為現在的「比爾街」。一九二〇年代至一九四〇年代，為幫助比爾街發展「曼菲斯藍調」（Memphis Blues）風情，路易斯・阿姆斯壯、比・比・金等諸多藍調和爵士傳奇人物都曾在這條街上表演。一九七七年十二月五日，美國國會通過一項法案，正式宣布比爾街為「藍調之家」（Home of the Blues）。

③漢普斯德、南開普敦，為長島上的兩個小鎮，位於紐約市東方。它們皆為歷史名城，建於殖民時期。

第九章

兩年之後，我回想起發生意外的那個下午、當天晚上和隔天，只記得一大堆警察、攝影師，還有報社記者，像一把永不停止的電鑽在蓋茲比家的前門進進出出。正面大門拉起了一條繩子，有個警察站在旁邊擋住好奇的群眾，但有些小孩很快就發現他們可以從我的院子跨進去，所以總會有幾個男孩圍在游泳池畔張口結舌。當天下午有個舉止正派、也許是警探的人，彎身檢查威爾森的屍體時隨口說了句「瘋子」，他的聲音不經意流露出一種威信，正好爲隔天的報紙設定了報導的方向。

大多數的新聞都寫得離奇古怪，或太多臆測，或太過激情，還有完全和事實脫節的，看完像是做了場惡夢。米哈利斯在案子偵辦時作證，說威爾森懷疑妻子與他人有染。在這段證詞曝光之後，我以爲這整個故事會被加油添醋地搬上八卦小報。但原本可能將一切事情抖出來的凱瑟琳，卻對美朵的外遇隻字未提。她在案件調查時也出人意料地很有個性——眉毛修得整齊漂亮，底下的眼睛堅毅地看著法醫，信誓旦旦地說她姐姐絕對沒有見過蓋茲比，她姐姐和姐夫的婚姻非常幸福美滿，她姐姐根本沒有什麼婚外情之類的問題。她說得連自己都深信不疑，手帕拿起來哭得一把鼻涕一把眼淚，彷彿如此過分的指控根本超乎她所能承受。威爾森只好被當成一個「悲傷過度而情緒失控的人」，爲的就是讓案子有個最簡單的動機，於是這個簡單的案子就這樣結束了。

但是和意外相關的一切新聞似乎都離我很遠，也無關緊要。我發現自己是眞心想爲蓋茲比做點什麼，卻只能孤軍奮戰。從我打電話到西蛋村去報告慘案之後，不管是任何與他相關的猜測，和每個實際的問題都會跑來找我。一開始我嚇了一跳，有種不明所以的感覺，但隨著一分一秒過去，他仍然動也不動地躺在自己的屋子裡，沒有呼吸，沒有言語，我才慢慢感覺到，那是我要擔起來的責任——因爲沒有其他人關心；「關心」的意思是說，每個人在生命結束時都會受到身邊親朋好友出自內心的強烈關注，如同某種約定俗成的權利一般。

我們發現他的屍體之後半小時，我就打電話給黛西，是出於直覺，而且毫不猶豫。但是她和湯姆在當天剛過中午不久就出門了，而且帶著行李。

「沒有留住址嗎？」

「沒有。」

「有沒有說什麼時候回來？」

「沒有。」

「知不知道他們在什麼地方？我要怎麼聯絡他們？」

「我不知道。很難說。」

我想幫蓋茲比找幾個認識的人。我想走進他躺著的那個房間，向他拍胸脯保證：「蓋茲比，我會幫你找人來。別擔心，相信我就好，我一定會幫你找的……」

梅耶・沃夫顯的名字不在電話簿裡。管家給了我他在百老匯的辦公室地址，我打到查號臺問，但是等我問出電話號碼，早已過了下午五點，沒有人接電話。

「你能再撥一次嗎？」

「我已經撥三次了。」

「這是很重要的事情。」

「很抱歉，恐怕那裡沒有人在。」

我回到客廳，一時間還以為眼前的人又是不請自來的訪客，但這一大批突然擠滿客廳的人全都是警方派來偵辦案件的。當他們拉開白布，神情漠然地看著蓋茲比時，我的腦袋又響起他的聲聲催促：「老兄，拜託你了，你一定要幫我找人來。你得更努力一點。我不能這樣孤孤單單地面對這件事啊。」

有人開始問我問題，但我轉身就走，跑到樓上急急翻找他書桌裡幾道沒有上鎖的抽屜。他從來沒有肯定地說他的雙親已經過世。但是我什麼都沒找到，只有丹・柯迪這個被遺忘的惡棍從牆上俯視著我。

隔天早上我請管家到紐約送信給沃夫顯，信的內容主要是想詢問他認不認識蓋茲比的親朋好友，另外也催促他趕快搭火車過來一趟。當我寫信時，隱隱覺得這樣的要求似乎顯得多餘。我很肯定他看到報紙就會趕來，就像我很確信今天中午以前會收到黛西發來的電報。但不管是電報或是沃夫顯先生都沒有來，除了更多的警察、攝影師和記者之外，沒有其他的人來。當管家帶回沃夫顯的信，我已經開始有種驕傲的感覺，開始覺得我和蓋茲比兩個人團結起來就足以睥睨一切，對抗所有的人。

卡拉威先生您好，

發生了這件意外，我心裡的悲痛震驚實在是難以言喻，幾乎不敢相信這是眞的。那個人做出這樣瘋狂的行爲實在值得我們好好省思。我現在沒有辦法過去拜訪，因爲被一些非常重要的公事纏住無法脱身，而且目前我不能和這件事牽扯上任何關係。如果過一段時間有什麼事情我能效勞，請寫在信上託艾德加交給我。我一聽到這個消息，整個人頓時天旋地轉，不知身在何方，而且完全不省人事，無法起身走動。

梅耶・沃夫顯敬上

信尾還匆匆補上一句：

記得通知我什麼時候辦葬禮。另外，我完全不認識他的家人。

那天下午電話鈴聲響起時，長途電話的接線員說是芝加哥來電，我心想黛西終於打電話來了。但接通了之後卻是個男人的聲音，微弱而遙遠地從話筒傳出來。

「我是史蘭格……」

「你好？」沒聽過這個名字。

「該死的消息，對不對？收到我的電報了嗎？」

「這裡沒有接到任何電報。」

「楊．帕克有麻煩了，」他說得很急，「他們趁他從櫃檯遞出債券的時候逮捕了他。剛剛五分鐘之前，他們從紐約收到通知，上面就有債券號碼。眞是怎麼也想不到，對吧？還眞看不出來在這種鄉下地方……」

「喂！」我屏著氣打斷他的話，「聽清楚了，我不是蓋茲比先生。蓋茲比先生已經死了。」

電話線的另一頭靜了很久，緊接著一聲驚呼……然後喀啦一響，電話就掛了。

我想是在事發之後第三天，我收到一封從明尼蘇達小鎮發出的電報，上頭署名「亨利．蓋茲」。內容只提到發電報的人正要立刻動身，並且要我延遲葬禮，等到他到了再說。

那是蓋茲比的父親，一個嚴肅的老人，極度無所適從之中帶著沮喪的神情，又因爲擔心在溫暖的九月天著涼，身上穿了件厚重的廉價長大衣。他因爲心情激動而淚流滿面，我從他手上接過袋子和雨傘之後，他開始不停地拉著自己稀疏的白鬍子，結果他的外套我怎麼也脫不下來。看他的情況，應該隨時都會癱倒在地，所以我帶他到音樂廳，讓他坐著休息一下，同時請僕人送來一些餐點。不過他什麼都不肯吃，杯子裡的牛奶因爲顫抖的手而濺出了一些。

「我是在芝加哥的報紙上看到消息的，」他說，「芝加哥的報紙寫得一清二楚。我看到就馬上出發了。」

「我不知道要怎麼聯絡您。」

他的眼睛環視著房間，卻又好像什麼也沒看見。

「那是個瘋子，」他說，「他一定是瘋了。」

「您要不要喝點咖啡？」我勸他。

「我什麼都不要。我現在很好，您貴姓啊？」

「卡拉威。」

「嗯，我現在很好。他們把傑米放在哪裡？」我帶著他進入客廳，他的兒子靜靜地躺著，我讓他一個人留在裡面。有幾個小孩跑到臺階上，對著大廳探頭探腦，等到我告訴他們是誰在屋子裡，他們才不情不願地走了。

過了好一陣子，蓋茲先生打開門走出來，他的嘴巴微張，臉上略略泛紅，眼裡不時泛出幾滴落寞的淚水。死亡對他這個年紀的人來說，衝擊已經不再那麼劇烈。他這才第一次注意到四周，看見高挑的大廳如此氣派恢弘，從客廳能夠望穿一個個相通的大房間，他哀傷的情緒裡摻雜了一種帶著敬意的驕傲。我攙扶著他到樓上的臥室，當他把外套和背心脫下來時，我才告訴他關於葬禮的大小事情都已延後，一切等到他來再說。

「我不知道您的想法是什麼，蓋茲比先生……」

「我的姓是蓋茲。」

「……蓋茲先生，我想您說不定想把他帶回西岸。」

他搖搖頭。

「傑米總是比較喜歡東岸。他也是在東岸發達起來，有了今天這樣的地位。你是不是我兒子的朋友啊，卡……？」

「我們是非常要好的朋友。」

「他的前途非常光明，你一定很清楚。他雖然年紀輕，但是腦筋很好。」

他很認眞地指了指自己的頭，我也點頭同意。

「如果他還活著，他一定會成爲一個偉大的人。一個像詹姆斯・希爾①那樣的人。他會幫忙建設這個國家。」

「您說的是。」我說得全身不自在。

他粗手粗腳地拉著繡花被單，努力想把它扯下來，接著直挺挺地躺在床上，一沾枕就開始呼呼大睡。

那天晚上，有個人打電話來，一聽聲音就知道他很膽怯，而且非得先知道我是什麼人才肯報上名字。

「我是卡拉威。」我說。

「喔！」他一聽鬆了一口氣，「我是克里波斯賓格。」我聽到是他，心裡也很高興，因爲那代表蓋茲比的葬禮上又多了一個來參加的朋友。我不想把葬禮的事登在報上，以免引來一堆看熱鬧的群眾，所以我只好自己打電話給一些人。要找到他們還眞不容易。

「葬禮會在明天舉行，」我說，「三點鐘，就在他的屋子這裡。我希望你能通知一下其他想來的朋友。」

「喔，一定一定。」他衝口而出，「你想也知道，我不太可能碰到什麼朋友，不過如果碰到，我一定通知他們。」

我一聽他的話就起了疑心。

「你是一定會來的吧。」

「這個嘛，我會努力趕到的。我打這通電話是想要……」

「等一下，」我打斷他的話，「你就說清楚你會參加葬禮，怎麼樣？」

「這個嘛，其實呢……說實話呢，我現在跟一些朋友在格林威治②這裡，他們很希望明天我能一起去玩。老實說，明天是要去野餐什麼的。當然囉，我一定會盡全力找理由離開的。」

我聽了心裡有氣，忍不住發出一聲「哼！」他一定是聽到了，因爲他緊張地繼續說：「我打這通電話是因爲我在蓋茲比那邊留了一雙鞋子。我在想要是方便的話，能不能請管家把鞋子寄給我。你知道的，那是一雙網球鞋，沒有那雙鞋子我眞的不知道該怎麼辦才好。我的全名是……」

我沒有聽完他報出全名，因爲我把電話掛了。

講完另一通電話之後，我實在爲蓋茲比感到相當不平。因爲我打電話去找那個人，他竟然暗示蓋茲比的死是他自找的。不過這算起來是我不對，因爲他就是那種喝著蓋茲比的酒、壯了膽子就把蓋茲比批評得一無是處的人，而我在打電話之前早該知道這一點。

舉行葬禮的那天早上，我來到紐約找梅耶・沃夫顯。因爲我沒有其他別的方法可以找到他。我在管電梯的小男孩提示下推開了一扇門，門上標著「卍字金控公司」③，剛走進去看起來裡面似乎一個人也沒有。我試著大叫了好多聲「哈囉」，還是沒什麼用，不過辦公室某個隔間裡面突然出現一陣爭吵聲，接著一位可愛的猶太女士從一扇內門走了出來，她仔細地打量著我，黑色的眼睛裡透露著敵意。

「沒有人在，」她說，「沃夫顯先生去芝加哥了。」

她說的第一句話顯然不是眞的，因爲裡頭某個人開始用口哨吹起〈玫瑰經〉④這首曲子，只是走音走得厲害。

「麻煩你通報一下，說在下卡拉威想見他。」

「我可沒辦法把他從芝加哥叫回來啊，是吧？」

就在這個時候從門的另外一側傳出一個聲音，叫著「史黛拉！」一聽就知道是沃夫顯。

「在桌上留下你的名字，」她很快地說，「他回來的時候我會交給他。」

「但是我知道他在這裡。」

她朝我跨了一步，雙手叉著腰，一臉怒氣騰騰。

「你們這些年輕人只會硬闖，都認爲可以想來就來，」她不屑地說，「我們已經受夠了。我說他在芝加哥，他就是在芝加哥。」

我向她說明我是蓋茲比的朋友。

「喔……這樣啊！」她又好好打量了我一陣，「您能不能……請問您貴姓大名？」

她跑去找人。過了一會兒，梅耶・沃夫顯臉色凝重地站在門口，雙手往前伸，像是在歡迎我。他拉著我進入辦公室，一面用很眞摯的聲音說，這個時候我們大家都很難過，一面拿了根雪茄給我。

「我想起第一次見到他的樣子，」他說，「一個年輕的少校剛從軍隊出來，胸前全是打仗贏來的徽章。他那時候眞的沒什麼錢，只好一直穿著軍服，因爲買不起平常的衣服。第一次見到他是在四十三街那兒，他走進韋恩伯納的撞球間，想要找份工作。他有好幾天沒吃東西了，『過來，跟我一起吃飯』我這麼說，他半個小時內吃的東西全部加起來超過四塊錢呢。」

「是你提拔他的嗎？」

「提拔他！是我造就了他！」

「喔。」

「我把他從一個無名小卒一步步拉拔起來，等於是從貧民窟裡頭開始。我一眼就看出他一表人才，是個很有禮貌的年輕人。等到他說他去過紐津大學，我馬上知道他可以幫我很多忙。我讓他加入美國退伍軍人協會⑤，他在裡面要風得風的。沒多久就幫我在奧伯尼的一個客戶做了些事。我們感情好得很，什麼事都一起做，就像這樣。」他把兩根粗胖的手指舉起來，「總是同進同出。」

我心想，這種夥伴關係是不是也包括了一九一九年世界大賽的弊案。

「現在他死了，」過了一會兒我才開口，「你是他最親密的朋友，所以我知道你一定很想參加今天下午的葬禮。」

「我是很想去。」

「那麼就去吧。」

他的鼻毛微微抖動了一下，他只是搖搖頭，眼中充滿了淚水。

「我沒辦法去，我不能跟這件事扯上關係。」他說。

「你沒有跟任何事情扯上關係。現在一切都結束了。」

「有人被殺的時候，無論如何我都不想跟事情扯上關係。我離得遠遠的。我還年輕的時候，情況不是這樣，如果我的朋友死了，不管怎樣，我都會一路陪著他們走到最後。你也許覺得那樣是感情用事，但是我很認眞，就是要有難同當。」

我看得出來，他有他自己的原因決定不去參加葬禮，所以我站起來告辭。

「你也是大學畢業的嗎？」他突然問。

一時之間，我還以爲他打算問我有沒有興趣建立一點「關係」，不過他只是點點頭，與我握手道別。

「我們要學會，跟一個人講義氣談交情，就得趁對方還活著的時候，而不是死了之後，」他提醒我，「人死了，我的規矩就是保持距離。」

我離開他的辦公室時，天色開始轉陰，我在濛濛細雨中回到西蛋。換好衣服之後，我走到隔壁，只見蓋茲先生很激動地在大廳走來走去。對自己的兒子和這座豪宅中的一切，內心的驕傲越來越甚，現在他正要拿某個東西給我看。

「傑米寄了這張照片給我。」他用顫抖的手指掏出皮夾，「看看這個。」

照片裡正是這棟屋子，從破損的邊角和表面的髒汙看起來，這張照片應該經過許多人摩娑傳看，而他則熱心地指出當中每個細節。「看看那個地方！」接著一臉期盼地看著我，希望從我的眼中尋求讚賞。他如此頻繁地拿著這張照片給人看，我想，在他的心裡，這張照片已經比屋子本身還要真實了。

「照片是傑米寄的。我覺得這是一張很漂亮的照片，把房子拍得很清楚。」

「的確非常清楚。您最近一段時間有沒有見過他？」

「他兩年前有來看我，現在我住的房子就是那個時候買的。當然他離家的時候，我們鬧得很不愉快，但是現在我了解他離開是有原因的，他很清楚他有一片光明的未來。而且他飛黃騰達之後，對我一直很關心。」他似乎很不願意把照片收起來，他繼續拿著照片在我眼前晃了好一陣。接著他把皮夾收好，再從口袋裡拿出一本名叫《牛仔英雄卡西迪》⑥的破爛舊書。

「看看這個。這是他小時候的書。從這裡就看得出來。」

他把書翻到封底，轉個方向讓我看清楚。最後一頁工整地寫著「時間表」⑦，日期是一九〇六年九月十二日，下面一項項列著：

清晨六點　起床

六點十五分～六點三十分　練習啞鈴和爬牆

七點十五分～八點十五分　研讀電力相關的書

八點三十分～十六點三十分　工作

十六點三十分～十七點　棒球和運動時間

十七點～十八點　練習演說、手勢等相關技巧

十九點～二十一點　研究目前需要的新發明

日常生活注意事項

不要再浪費時間去雪夫特家或是ＸＸＸ家。

不抽菸或嚼菸草。

每隔一天洗一次澡

每週念一本能增長見聞的書或雜誌

每週存~~五~~元→三元

對爸媽好一點

「我是無意之中發現這本書的，」蓋茲老先生說，「從這件事就可以看得出來，對不對？」

「從這件事就可以看得出來。」

「傑米注定要成就一番事業。他總是立下一些志向，像是這本書上列的這些，或是其他別的

事。你有沒有發現他是怎樣讓自己增長見識的？他總是非常注意這一點。他有一次說我吃東西的樣子好像豬，我還打了他一頓。」

他捨不得把書闔上，大聲把蓋茲比小時候寫下來的每一條事項都念了一次，接著一臉期盼地看著我。我想，他眞的很希望我把這份時間表抄下來留著自己用。

接近三點鐘的時候，一位路德教會的牧師從法拉盛過來，我開始不自覺地看向窗外有沒有其他的車來。蓋茲比的父親也是一樣。隨著時間過去，僕人一一進來，站在大廳裡等候，他開始緊張地一直眨眼睛，嘴裡念著外頭的雨，語氣滿是擔憂不安。牧師先生低頭看了好幾次錶，所以我帶他到旁邊，拜託他再等半個小時。不過還是沒什麼用。沒有人來參加葬禮。

大約五點鐘，我們一行共三輛車子到達墓園，停在大門旁邊時正是陰雨綿綿。第一輛車是靈車，外表是淒慘的黑色，被雨淋得濕答答的。接著是蓋茲先生、牧師先生和我搭乘的長禮車，再往後是蓋茲比的旅行車，裡頭坐著四五名僕人和西蛋來的郵差。我們一走出來就全身濕透了，當穿越大門進入墓園時，我聽到有部汽車停下來，接著有人從我們背後走來，踏著一地泥濘，踩出啪啦啪啦的水聲。我回頭一看，是戴著貓頭鷹眼鏡的男人，就是三個月前那個晚上，我在蓋茲比的藏書室遇到、對著一堆書驚嘆不已的怪人。

自那天之後我就沒再見過他。我不知道他是如何知道葬禮的事，我甚至連他的名字都不知道。雨水淅瀝瀝地打在他厚重的鏡片上，他脫下眼鏡把雨水擦乾，仔細看著覆在蓋茲比墓地上的擋水帆布一寸寸捲起來。

我花了一點時間，試著回想這段時間和蓋茲比相處的一切，但是他已經離得太遠。我只記得，黛西連捎個信或是送朵花都沒有，但是我心裡卻沒有責怪她的意思。隱約之中，我聽到有人低聲地說，「上帝的祝福隨著雨水降臨在死者身上⑧。」接著那位戴貓頭鷹眼鏡的男人響亮地說，「說得好，阿門。」

我們零零落落地從雨中快步進了車裡。戴貓頭鷹眼鏡的男人在大門邊跟我聊了幾句。

「我沒來得及過去屋子那裡。」他說。

「不只是你，其他人也都沒來。」

「不會吧！」他嚇了一跳，「天啊，怎麼會呢！以前來的人動不動也有好幾百吧。」他把眼鏡摘下來，裡裡外外再擦了一次。

「可憐的傢伙，死得淒涼。」

我記憶裡最鮮明的一幕，就是在外地念書（不管是在大學的預備學校，或是後來念大學）、碰到聖誕節時要回西岸的種種情景。有些人要去的地方比芝加哥更遠，他們會在十二月某天的傍晚六點鐘，於老舊昏暗的聯合車站會合，大家身上已然洋溢著過節的歡樂氣氛，身邊有一些朋友是要去芝加哥的，彼此只能匆匆話別。有些女孩子剛從不知名的私校回來，我記得她們身上穿著皮大衣，記得她們嘰嘰喳喳聊天時呼出的氣息被凍成一陣陣白霧，還有碰見老朋友時高舉過頭那些熱情揮動的手，以及互相比較收到了什麼邀請，「妳會去奧迪威家嗎？還是荷西家？那麼舒茲家妳去不去？」我還記得，我們戴著手套的手緊抓著長條形的綠色車票；最後還清楚記得，「芝加哥─密爾瓦基─聖保羅鐵路公司」⑨的黃色車廂，就停在月臺入口旁邊的鐵軌上，車廂在蒸汽中顯得朦朧，看起來卻有一種歡樂氣氛，彷彿聖誕節就在這裡。

我們的火車開動，進入冬夜之中，那實實在在、彷彿只屬於我們的雪逐漸在身旁展開，冰晶在窗戶上一閃一閃，威斯康辛那個小車站的點點燈火在眼前掠過，車廂裡突然湧入一股鋒利而帶有野性的家鄉味道。我們吃完晚餐走回車廂，經過寒冷的火車連接處，深深地反覆呼吸著這股家鄉味，在這奇特的一小時中，我們無法用言語形容，卻清楚感覺到自己和家鄉的聯繫，在這之後，我們再度和家鄉合而爲一，不留一點痕跡。

那就是我對中西部的回憶，不是小麥或是平原，也不是瑞典移民的偏遠小鎮，而是年輕時滿懷興奮從學校返家所搭乘的火車，是天寒地凍黑夜裡街上的路燈和雪橇鈴鐺聲，以及掛在窗戶上的聖誕花環讓屋內燈光映在雪地上的影子。我是那裡的一份子。我的個性有點嚴肅無趣，一如那些漫漫冬日給人的感覺。我覺得有點自豪，因爲我生長於卡拉威家，而我所在的城市裡，數十年來仍然以家族的姓氏來稱呼居住的屋子。我現在才明白，這段日子發生的事情原來一直都是西岸的故事。湯姆和蓋茲比，黛西和裘丹，還有我全都是西岸的人，也許我們身上都缺少了某種特質，因此不知不覺地使我們難以適應東岸的生活。

即使東岸的生活讓我興奮莫名，即使東岸城市的繁華鼎盛絕非俄亥俄河以西那些枯燥乏味、人煙稀少、自以爲是的小鎮所能相比，在那些小鎮裡只有年紀太小和太老的人才能逃過沒完沒了的說三道四。但即使如此，我總覺得東岸有一種畸形扭曲的特質；尤其是西蛋，常常出現在我怪異的夢境裡。我在夢中彷彿看到艾爾·葛雷柯畫的一幅夜景⑩——數以百計的房屋，一整片望過去跟平常沒什麼兩樣，卻又有點古怪氣氛，陰沉中帶著逼迫感的天空壓得一棟棟屋子動彈不得，灑下了一片蕭索的月光。畫作的前景是四個身穿禮服、表情肅穆的男人，他們抬著擔架走在人行道上，上頭躺了一位身穿白色晚禮服、醉得不省人事的女士。她的手懸在擔架的一側，手上的珠寶在月光下閃著冰冷的光芒。他們臉色凝重地抬著她轉進一棟房子，卻走錯了。但是沒有人知道這位女士的名字，也沒有人在意。

蓋茲比死後，東岸給我的感覺就像那個怪夢不斷糾纏著我，無論我如何努力，也看不清那扭曲變形的模樣。因此當我看到家家戶戶燒著枯葉，冒出藍色的濃煙，掛在曬衣繩上濕漉漉的衣服被冷風吹得硬邦邦的時候，我決定回到家鄉。

但在我離開之前還有一件事情要處理，一件很尷尬、不太愉快的事，說不定讓這件事情自然結束會比較好。但我希望把每件事都收拾乾淨，而不是單純相信那片和藹可親、永遠一視同仁的大海會沖刷掉一切。我和裘丹·貝克見了面，把這段時間裡發生在我們之間的事細說分明，也把意外發生之後我自己有了什麼改變說清楚，她只是坐在一張很大的椅子上，動也不動地靜靜聽我說。

她穿著高爾夫球裝，我記得當時心裡想著，她看起來好像雜誌上的漂亮插圖——下巴志得意滿地微微抬高，頭髮像秋天的楓葉，臉上皮膚是淺淺的棕色，剛好跟她放在膝蓋上那隻無指手套同樣顏色。我把話說完，她不予置評，只是告訴我她已經跟另外一個男人訂了婚。儘管想娶她的人很多，她只要點頭就好，但我還是很懷疑她說的話，於是故作驚訝。在那個當下，我心想我這樣拒絕她是不是錯了，但隨即很快前後思量了一回，決定起身告別。

「不管怎麼說，是你甩掉我的，」裘丹突然說，「你那天在電話裡就把我甩了。我現在是不在乎你了，但那對我來說還是生平第一次被甩，當時我還頭昏腦脹了好一陣子呢。」

我們互相握手。

「喔，你還記不記得，」她又繼續說，「我們有一次在開車的時候說的話？」

「說了什麼？我記不太清楚了。」

「你說一個開車不小心的人要是碰上了另外一個開車不小心的人，那就危險了，記不記得？我想啊，我是碰上另一個開車不小心的人了，對不對？我是說，都怪我自己不注意，才會錯得這麼離譜。我一直以爲你是個誠實正直的人，說不定你心裡會一直偷偷地引以爲傲。」

「我已經三十歲了，」我說，「如果是五年前，說不定我還會騙騙自己，說拋棄一個女孩子是件很光榮的事情。」

她沒有回話。我覺得生氣，又感到有些許愛意和強烈的歉意，抱著這樣糾結的情緒，我轉身離開。

十月底的某個下午，我見到了湯姆・布坎南。他正走在第五大道上，就在我的前方，走起路來還是一副戒心很重、衝動莽撞的模樣——手微微舉在身側，彷彿只要有人靠近，就會被他掃到一旁去；頭忽左忽右地轉動，眼睛一直張望著四周。我不想碰見他，因此放慢了腳步，但他突然停下來，對著一家珠寶店的櫥窗皺眉思索。忽然他看到了我，往我這裡走回來，伸出手準備握手寒暄。

「尼克，怎麼了？你不想和我握手嗎？」

「我是不想。你很清楚我對你這個人有什麼看法。」

「你腦袋出問題了，尼克，」他很快地說，「根本就瘋了。我不知道你到底是怎麼回事。」

「湯姆，」我問他，「那天下午你對威爾森說了什麼？」他一言不發地瞪著我。我心下了然，知道自己的猜測沒錯，知道威爾森不見蹤跡的那幾個小時去了什麼地方。我轉身就走，但是他一個箭步向前，抓住了我的手臂。

「我跟他說的都是事實，」他說，「我們那時正要離開，他卻找上門來，我派人到樓下，告訴他現在沒人在家，但是他不聽，打算硬闖到樓上來。如果我沒告訴他那部車子的主人是誰，以他那時瘋瘋癲癲的，肯定會一槍打死我。他一進我家，放在口袋裡的手一直握著一把左輪手槍不放……」說到這裡，他神情一變，不甘示弱地大聲說，「是我告訴他的，那又怎麼樣？那個傢伙根本就是死有餘辜。他蒙蔽了你的眼睛，就像蒙蔽了黛西一樣。不過他還眞是個冷酷的傢伙，他撞死美朵，就跟撞死一隻狗一樣，連車子都沒有停一下。」

我沒有什麼好說的，除了那個我說不出口的實情，那個眞相並非如此的實情。

「而且，如果你覺得我的心裡一點都不難過，我告訴你，我去把那間公寓退掉的時候，看到那個該死的狗餅乾盒子就在壁櫥旁，我當場坐下來大哭了一場，跟個小鬼頭一樣。天啊，哭得眞慘……」

我不能原諒他，對他也沒有任何好感，但是我看得出來，他所做的事情在他看來是完全合乎情理的。他覺得蓋茲比的死完全是無心之過，是大家搞不清楚狀況。湯姆和黛西這些人都是散漫的人，他們把身邊的人事物弄得亂七八糟之後，就躲回錢堆裡，裝成什麼都不知道，或是依賴著他們這類人共有的一貫性格，讓其他人去收拾他們搞出來的爛攤子……

我和他握手道別，不跟他握手似乎是一種幼稚的行爲，因爲我突然覺得我像在跟一個小孩子說話。之後他進了珠寶店買了一條珍珠項鍊，也許只買了一對袖扣，便將我這個鄉下人的大驚小怪永遠拋在腦後。

我離開的時候，蓋茲比的屋子仍然空無一人，庭院裡的草已經長得跟我家的一樣高。西蛋村有個計程車司機每次載客，經過這屋子外頭的大門時總會停下來一會兒，對著裡面指指點點。也許發生車禍那天晚上，就是他載著黛西和蓋茲比回到東蛋，也許他已經自己把整個故事都編好了。我不想聽這個故事，所以一下火車，看到他就躲得遠遠的。

意外發生後，星期六的夜晚我仍舊待在紐約這裡，只因蓋茲比那五光十色、讓人目眩神迷的派對在我腦海中依然如此鮮明，我彷彿還能聽見從花園那裡不停傳來隱隱的音樂聲和歡笑聲，彷彿還能看見屋外車水馬龍的景象。有天晚上，我的確聽到有部汽車停在外頭的聲音，車燈就照在門前的臺階上。不過我沒有去看看是什麼人。也許是最後的某位賓客，剛從這世上一些消息不靈通的地方遠行歸來，渾然不知派對已經結束。

最後一天晚上，我的行李都已經打包好，車子也賣給雜貨店的老闆。我走到隔壁，想再看看這棟房子，這一整個巨大而雜亂的破滅夢想。在白色臺階上有某個男孩用紅磚碎片惡作劇地寫了句粗話，在月光下顯得特別清楚。我用腳把它擦掉，鞋子在臺階上磨擦的聲音有點刺耳。接著我漫步到沙灘，手腳大開地躺在沙子上。

這個時候，海邊的豪宅或遊樂景點大多已經關閉，四周幾乎沒有燈火，只有海灣裡一艘渡船前進時發出的幽微光亮。隨著月亮逐漸升高，周圍一些不起眼的屋子慢慢消融在月光之中，我慢慢意識到這裡正是那塊古老的島嶼，那曾經在荷蘭水手眼中百花齊放的地方，那蔥綠的山巒起伏，那豐腴如胸的新世界。那些原來生長在蓋茲比豪宅土地上、現已砍伐殆盡的一草一木，曾經在眾人的輕聲細語中迎合了所有人類最後、也是最偉大的夢想。在那有如著了魔的片刻當中，人們必定屏息凝視著眼前出現的這片大陸，不由自主地思考著美的含義，儘管這非他們所願，也無法明瞭。而這樣面對面的衝擊也是有史以來最後一次，自然而然地感受到所謂的奇蹟。

我坐在沙灘上，沉思著那個古老未知的世界，我想到蓋茲比第一次認出黛西家碼頭底端那盞綠燈時，內心是何等驚喜交集。他經歷了許多事情，做了許多努力才來到這片藍色的草地，而他必定感覺到，夢想似乎近在咫尺，幾乎不可能錯失。他不知道的是，他的夢想已經在他的背後，越過了城市，到了更遠的那片巨大黑暗之中，在那個地方，這個國家的黑色田野在黑夜中無盡延伸。

蓋茲比衷心相信著那盞綠燈，因爲那代表了他所期待的美好未來，只是它卻年復一年地離我們而去。過去它和我們擦身而過，但是那無所謂，明天我們將跑得更快，把手臂伸得更遠……直到那個美好早晨來臨……

因此我們乘著船逆流而上，拚了命地往前划，卻只是不斷地被沖回來，回到過去。

譯註：

①詹姆斯・希爾（James J. Hill，一八三八～一九一六），美國的鐵路大亨。和費茲傑羅同樣出身於明尼蘇達州的聖保羅市。他所經營的北方證券公司（Northern Securities Company）於一九〇四年因為背信案而倒閉。

②康乃狄克州的一個富裕小鎮，位於紐約市的北方，建於殖民時期。

③歷史是耐人尋味的。諷刺的是，沃夫顯是猶太人，而「卍」這個符號正因為被納粹做為標誌而漸漸

惡名遠播。不過「卍」原來是印度教中代表財富和好運的符號，沃夫顯這個騙徒可能是希望為公司帶來好運而使用了這個符號。

④〈玫瑰經〉（The Rosary）是一九二〇年一首流行的天主教歌曲。

⑤創建於一九一九年，是與退伍軍人關係最密切的組織。值得注意的是，會員身分僅限光榮退伍的軍人，以及在特定戰役（如第一次世界大戰、越戰等）中曾於美國陸軍、海軍、陸戰隊、海岸防衛隊或空軍至少服役一天的人士。在書中，沃夫顯明顯希望手底下人蓋茲比加入該協會，以向社會大眾宣示他的正直。

⑥《牛仔英雄卡西迪》，是克拉倫斯・摩福特（Clarence E. Mulford）於一九一〇年創作的小說，書名正是取自書中人主角卡西迪。這裡有一個地方與實際不同，因為蓋茲比的版本日期為一九〇六年，費茲傑羅想利用牛仔英雄卡西迪來暗指班傑明・富蘭克林（Benjamin Franklin，一七〇六～一七九〇）。

⑦這份時間表模仿了班傑明・富蘭克林在他《自傳》（Autobiography）第二部當中所繪製的表。富蘭克林是一位科學家、政治家和作家，他會擬一份自我加強的時間表，表中每一項工作都會列出實行時間。

⑧這句話可能出自愛德華・湯瑪斯的〈雨〉一詩，另有一個說法是出自十七世紀的英國諺語。

⑨這條鐵路連接芝加哥和明尼蘇達州的聖保羅市，而聖保羅正是費茲傑羅的家鄉。

⑩艾爾・葛雷柯（El Greco，一五四一～一六一四）為西班牙神祕主義畫家，生於克里特島，艾爾・葛雷柯在西班牙語中的意思正是「希臘人」。書中所說「一整片望過去跟平常沒什麼兩樣，卻又有點古怪氣氛」的數以百計房屋，似乎很接近葛雷柯所畫的西班牙城市托雷多，如〈托雷多風景〉（View of Toledo，一六一〇）和〈托雷多的模樣〉（View and Plan of Toledo，一六〇六～一六一四）。

國家圖書館出版品預行編目資料

大亨小傳【經典新裝版】／史考特 ‧ 費茲傑羅（F. Scott Fitzgerald）著；王聖棻譯 .
—— 初版 . ——臺中市：好讀 , 2021.04
面：　公分，——（典藏經典；54）

譯自：The Great Gatsby

ISBN 978-986-178-539-4（平裝）

874.57　　　　110003869

好讀出版

典藏經典 54

大亨小傳【經典新裝版】

原　　著／史考特 ‧ 費茲傑羅
翻　　譯／王聖棻
總 編 輯／鄧茵茵
文字編輯／簡綺淇、莊銘桓
美術編輯／尤淑瑜、廖勁智
行銷企畫／劉恩綺
發行所／好讀出版有限公司
台中市 407 西屯區工業 30 路 1 號
台中市 407 西屯區何厝里 19 鄰大有街 13 號（編輯部）
TEL:04-23157795 FAX:04-23144188　　http://howdo.morningstar.com.tw
（如對本書編輯或內容有意見，請來電或上網告訴我們）
法律顧問／陳思成律師

總經銷／知己圖書股份有限公司
106 台北市大安區辛亥路一段 30 號 9 樓
TEL：02-23672044　23672047 FAX：02-23635741
407 台中市西屯區工業 30 路 1 號 1 樓
TEL：04-23595819 FAX：04-23595493
E-mail：service@morningstar.com.tw
網路書店 http://www.morningstar.com.tw
讀者專線：04-23595819 # 230
郵政劃撥：15060393（知己圖書股份有限公司）

線上讀者回函
請掃描 QRCODE

印刷／上好印刷股份有限公司
初版／西元 2012 年 8 月 15 日
二版／西元 2021 年 4 月 15 日
定價／ 250 元
如有破損或裝訂錯誤，請寄回知己圖書台中公司更換

Published by How-Do Publishing Co., Ltd.
2021 Printed in Taiwan
All rights reserved.
ISBN 978-986-178-539-4